FORA DOS EIXOS

Jules Verne

FORA DOS EIXOS

ILUSTRAÇÕES ORIGINAIS
George Roux

TRADUÇÃO
Sofia Soter

Fora dos eixos

TÍTULO ORIGINAL:
Sans dessus dessous

COPIDESQUE:
Bruno Alves

CAPA:
Mateus Acioli

REVISÃO:
Suelen Lopes
Beatriz Ramalho

ILUSTRAÇÃO DE CAPA:
Victor Maristane

DADOS INTERNACIONAIS DE CATALOGAÇÃO NA PUBLICAÇÃO (CIP)
DE ACORDO COM ISBD

V531f   Verne, Jules
Fora dos eixos / Jules Verne ; traduzido por Sofia Soter ; ilustrado por George Roux.
- São Paulo : Aleph, 2025.
224 p. : il. ; 14cm x 21cm.

Tradução de: Sans dessus dessous
ISBN: 978-85-7657-714-0

1. Literatura francesa. 2. Ficção. I. Soter, Sofia.
II. Roux, George. III. Título.

2025-130   CDD 843
                   CDU 821.133.1-3

ELABORADO POR ODILIO HILARIO MOREIRA JUNIOR - CRB-8/9949

ÍNDICES PARA CATÁLOGO SISTEMÁTICO:

1. Literatura francesa: ficção 843
2. Literatura francesa: ficção 821.133.1-3

COPYRIGHT © EDITORA ALEPH, 2025

TODOS OS DIREITOS RESERVADOS.
PROIBIDA A REPRODUÇÃO, NO TODO OU EM
PARTE, ATRAVÉS DE QUAISQUER MEIOS.

Aleph

Rua Bento Freitas, 306 - Conj. 71 - São Paulo/SP
CEP 01220-000 • TEL 11 3743-3202
www.editoraaleph.com.br

 @editoraaleph

 @editora_aleph

FORA DOS EIXOS

1

EM QUE A NORTH POLAR PRACTICAL ASSOCIATION DISPARA UM DOCUMENTO PELOS DOIS MUNDOS

— Então, sr. Maston, o senhor argumentaria que uma mulher nunca seria capaz de conquistar avanços nas ciências matemáticas ou experimentais?

— Com extremo pesar, sou obrigado a tanto, sra. Scorbitt — respondeu J. T. Maston. — Que existiram ou existem algumas matemáticas notáveis, em especial russas, admito sem dúvidas. Porém, por motivos de conformação cerebral, mulher alguma poderia se tornar um Arquimedes, que dirá um Newton!

— Ah, sr. Maston! Permita-me protestar em nome de nosso gênero...

— Gênero ainda mais encantador, sra. Scorbitt, por não ter sido feito para se dedicar aos estudos transcendentes!

— Assim, na sua opinião, sr. Maston, ao ver cair uma maçã, mulher alguma teria descoberto as leis da gravitação universal, como o ilustre estudioso inglês o fez no final do século 17?

— Ao ver cair uma maçã, sra. Scorbitt, qualquer mulher pensaria apenas em uma coisa: comê-la. Basta lembrar o que fez nossa mãe, Eva!

— Certo, estou vendo que o senhor nos nega qualquer aptidão para empreitadas desse nível...

— Aptidão? Não, sra. Scorbitt! Contudo, observo que até hoje, desde que há habitantes nesta Terra, e por consequência mulheres, ainda não se encontrou sequer um cérebro feminino ao qual se deva descoberta análoga às de Aristóteles, Euclides, Kepler ou Laplace no campo científico.

— Mas será razão suficiente? O passado indica irrevogavelmente o futuro?

— Humm! O que não ocorreu em milhares de anos não ocorrerá nunca mais... Não há dúvida!

— Então vejo que precisamos nos resignar, sr. Maston. Na verdade, somos boas apenas em...

— Em ser boas! — respondeu J. T. Maston.

Essa última fala foi dita com a galanteria de que pode dispor um estudioso repleto de x solucionados. A sra. Evangelina Scorbitt fora levada a se contentar, afinal.

— Bem, sr. Maston — retrucou —, cada um com seu cada qual. Continue a ser esse calculador extraordinário! Dedique-se por inteiro aos problemas dessa empreitada imensa à qual irá dedicar a existência, junto a seus amigos! Eu serei a "boa mulher" que me convém ser e lhe concederei meu apoio pecuniário...

— Pelo qual demonstraremos gratidão eterna! — respondeu J. T. Maston.

A sra. Evangelina Scorbitt corou deliciosamente, pois sentia — embora não por acadêmicos em geral — por J. T. Maston, ao menos, uma simpatia de fato singular. O coração feminino não é, afinal, um abismo insondável?

Àquela empreitada imensa, na realidade, a rica viúva americana decidira consagrar um capital significativo.

Eis a tal empreitada, a meta que os promotores ambicionavam atingir.

"Ah, sr. Maston! Permita-me protestar."

Eis a tal empreitada, a meta que os promotores ambicionavam atingir.

As terras árticas propriamente ditas envolvem, de acordo com Malte-Brun, Reclus, Saint Martin e os geógrafos mais renomados:

1. O lado setentrional de Devon, isto é, as ilhas congeladas do mar de Baffin e do estreito de Lancaster;

2. A Geórgia setentrional, composta por Banks e diversas outras ilhas, como Sabine, Byam Martin, Griffith, Cornwallis e Bathurst;

3. O arquipélago de Baffin-Parry, contendo diversas partes do continente circumpolar, chamadas de Cumberland, Southampton, James Somerset, Boothia Felix, Melville, além de outras terras mais desconhecidas.

Nesse conjunto, dentro do perímetro do 78º paralelo, as terras se estendem por 1.400.000 milhas, e os mares, por 700 mil milhas quadradas.

Mais ao interior desse paralelo, intrépidos descobridores modernos conseguiram avançar até os limites do 84º grau de latitude, localizando algumas encostas perdidas atrás da cordilheira alta de gelo, nomeando os cabos, os promontórios, os golfos e as baías desses vastos territórios, que poderiam ser apelidados de Terras Altas árticas. No entanto, além do paralelo reside o mistério, o *desideratum* impossível dos cartógrafos: ninguém sabe se são terras ou mares que se escondem naquele espaço de seis graus, por trás da aglomeração intransponível de gelo do polo boreal.

Ora, no ano de 189-, o governo dos Estados Unidos teve a ideia muito inusitada de propor a adjudicação das regiões circumpolares ainda não descobertas — regiões cuja concessão foi solicitada por uma sociedade americana recém-formada com o intuito de adquirir a calota ártica.

Fazia alguns anos, a bem da verdade, que a conferência de Berlim formulara um código especial para uso das grandes potências que desejassem se apropriar dos bens de outrem sob o pretexto da colonização ou de abertura de novos mercados comerciais. Entretanto, não parecia que o código se aplicasse àquela circunstância, pois a região polar não era habitada. Ainda assim, como o que não é de ninguém pertence a todos, a nova sociedade não pretendia "ocupar", e sim "adquirir", de modo a evitar reivindicações futuras.

Nos Estados Unidos, não há nenhum projeto audacioso demais — nem quase irrealizável — a ponto de não encontrar gente disposta a resolver os aspectos práticos e desembolsar o capital para efetuá-lo. Era o que se vira alguns anos antes, quando o Gun Club de Baltimore se dedicara à tarefa de enviar um projétil à Lua, na esperança de manter comunicação direta com o satélite. Ora, não foram os ianques, tão empreendedores, que forneceram as maiores quantias solicitadas por tão interessante tentativa? E, se foi realizada, não foi graças a dois membros do clube em questão, que ousaram enfrentar os riscos de tal experiência sobre-humana?

Que um Lesseps proponha um dia cavar um canal largo através da Europa e da Ásia, das margens do Atlântico aos mares da China; que um poceiro genial se disponha a perfurar a terra para atingir as camadas dos silicatos que se encontram em estado fluido, acima do ferro em fusão, a fim de abrir um poço no fundo do fogo central; que um eletricista empreendedor deseje reunir as correntes disseminadas pela superfície do globo, para formar uma fonte inesgotável de calor e luz; que um engenheiro audacioso tenha a ideia de armazenar em vastos receptores o excesso das temperaturas estivais, para redistribuí-las no inverno às zonas afetadas pelo frio; que um engenheiro hidráulico incomum tente utilizar a força viva das marés para produzir calor ou trabalho à vontade; que sociedades anônimas ou em comandita sejam fundadas para efetuar cem projetos desse tipo! Seja como for, são os americanos que encontraremos no topo da lista de patrocinadores, e rios de dólares desembocarão nos bancos, como os flumes da América do Norte que por fim são absorvidos no seio dos oceanos.

É, portanto, natural aceitar que a opinião foi especialmente alvoroçada quando se espalhou a notícia — estranha, no mínimo — de que as terras árticas seriam adjudicadas em benefício do último e maior arrematante. Não se abrira nenhuma arrecadação pública voltada a tal aquisição, cujos capitais foram recolhidos previamente. Veremos mais tarde, ao tratar-se do uso da terra que se tornou propriedade dos novos compradores.

Usar o território ártico! Sinceramente, uma ideia dessas só podia ter brotado do cérebro de loucos!

Entretanto, nada era mais sério do que esse projeto.

Inclusive, um documento foi endereçado aos jornais dos dois continentes, aos periódicos europeus, africanos, oceânicos, asiáticos, e também aos americanos. Ele concluía com o pedido de inquérito *de commodo et incommodo* da parte dos interessados. O *New York Herald* foi o primeiro a publicar o documento. Assim, os inúmeros assinantes de Gordon Bennett puderam ler na edição de 7 de novembro o seguinte comunicado — que a toda velocidade se espalhou pelo mundo erudito e industrial, nos quais foi recebido de modos muito variados.

AOS HABITANTES DO GLOBO TERRESTRE

As regiões do polo Norte, situadas dentro do 84º grau de latitude setentrional, ainda não puderam ser exploradas pelo excelente motivo de não terem sido descobertas.

Na realidade, os pontos extremos, segundo o levantamento dos navegadores de diversas nacionalidades, são os seguintes:

82º 45', alcançado pelo inglês Parry, em julho de 1847, no 28º meridiano oeste, ao norte de Spitsbergen;

83º 20' 28", alcançado por Markham, da expedição inglesa de sir George Strong Nares, em maio de 1876, no 50º meridiano oeste, ao norte de Grinnell;

83° 35' de latitude, alcançado por Lockwood e Brainard, da expedição americana do tenente Greely, em maio de 1882, no 42° meridiano oeste, ao norte da ilha de Nares.

Podemos, então, considerar a região que se estende do 84° paralelo até o polo, em um espaço de seis graus, como terra indivisa entre os diversos Estados do globo e, portanto, essencialmente suscetível a transformar-se em propriedade privada após adjudicação pública.

De acordo com os princípios jurídicos, a permanência da indivisão não é obrigatória. Assim, os Estados Unidos da América, baseando-se em tais princípios, decidiram provocar a alienação dessas terras.

Uma sociedade foi fundada em Baltimore, sob a razão social North Polar Practical Association, para representar oficialmente a confederação americana. A sociedade se propõe a adquirir a região já mencionada, seguindo ato regular, que lhe constituirá o direito absoluto de propriedade sobre os continentes, ilhas, ilhotas, rochedos, mares, lagos, riachos, rios e cursos d'água de modo geral que no momento componham o terreno ártico, seja coberto por gelo eterno, seja liberado pelo gelo durante a estação do verão.

É bem especificado que esse direito de propriedade não poderá ser acusado de caducidade, mesmo no caso de modificações — de qualquer natureza — afetarem o estado geográfico e meteorológico do globo terrestre.

Tendo comunicado aos habitantes do mundo, todas as potências serão aceitas em participação da adjudicação, que ocorrerá em benefício da maior oferta do último arrematante.

A adjudicação está marcada para 3 de dezembro do ano corrente, na sala de leilões em Baltimore, Maryland, Estados Unidos da América.

Para mais informações, dirijam-se a William S. Forster, agente provisório da North Polar Practical Association, na High Street, 93, Baltimore.

Que o comunicado foi considerado absurdo, é certo! Porém, com tamanha clareza e sinceridade, não deixava nada a desejar, temos que admitir. Além disso, o que o tornava seríssimo era o fato de o governo federal ter, desde então, feito a concessão dos territórios árticos, para o caso da adjudicação torná-lo seu proprietário em definitivo.

Em suma, as opiniões foram divididas. Alguns viam ali apenas um daqueles tremendos *humbugs* americanos, que ultrapassariam o limite do embuste se a basbaquice humana não fosse ilimitada. Outros acreditavam que a proposta merecia ser levada a sério. Estes últimos insistiam precisamente no fato de que a nova sociedade não fazia nenhum apelo ao bolso do público. Pretendia adquirir a região boreal apenas com capital próprio. Portanto, não tentava arrancar os dólares, as notas, o ouro e a prata de patetas para encher o caixa. Não! Pedia apenas para pagar, com seus próprios recursos, pela propriedade circumpolar.

Para quem sabe contar, parecia que a sociedade em questão precisaria simplesmente alegar o direito de primeiro ocupante e tomar posse da região cujo leilão propunha. Porém, era bem ali que estava a dificuldade, pois, até então, o acesso ao polo parecia barrado ao homem. Portanto, para o caso dos Estados Unidos adquirirem o terreno, os concessionários queriam estabelecer um contrato válido, para que mais ninguém viesse contestar o direito no futuro. Seria injusto censurá-los. Eles agiam com prudência e, quando se trata de contratar o envolvimento em um negócio daquele tipo, nenhuma precaução jurídica é excessiva.

O documento continha uma cláusula que protegia dos riscos futuros. Essa cláusula poderia originar interpretações muito contraditórias, pois seu sentido preciso escapava aos leitores mais sutis. Era a última, que estipulava que o "direito de propriedade não poderá ser acusado de caducidade, mesmo no caso de modificações — de qualquer natureza — afetarem o estado geográfico e meteorológico do globo terrestre".

A sociedade em questão precisaria simplesmente
alegar o direito de primeiro ocupante.

O que isso queria dizer? Que ocasião pretendia prever? Como a Terra poderia sofrer uma modificação em geografia ou meteorologia — ainda mais ligada aos territórios em adjudicação?

— É evidente — diziam os atentos — que nesse mato tem cachorro!

As interpretações se proliferaram, o que teve o efeito de produzir a perspicácia de alguns e a curiosidade de outros.

Um jornal, o *Ledger* da Filadélfia, publicou, no princípio, essa nota em gracejo:

"Cálculos decerto indicaram aos futuros compradores da região ártica que um cometa de núcleo duro se chocará em breve com a Terra e em tais condições que esse choque causará as mudanças geográficas e meteorológicas a que a cláusula se refere."

Era uma frase um pouco comprida, como convém de uma fala supostamente científica, mas não esclarecia nada. A probabilidade de um choque com um cometa daquele tipo, afinal, não podia ser aceita por nenhuma pessoa séria. De qualquer modo, era inadmissível que os concessionários se preocupassem com uma eventualidade tão hipotética.

"Será que, por acaso", disse o *Delta* de Nova Orleans, "a nova sociedade imagina que a precessão dos equinócios pode, um dia, causar modificações favoráveis à exploração de seu terreno?".

— E por que não, se esse movimento modifica o paralelismo do eixo de nosso esferoide? — observou o *Hamburger Correspondent*.

— É verdade — respondeu a *Revue Scientifique* de Paris. — Adhémar não postulou, em seu livro *Révolutions de la mer*, que a precessão dos equinócios, combinada ao movimento secular do grande eixo da órbita terrestre, traria uma modificação a longo prazo na temperatura média dos diferentes pontos da Terra e na quantidade de gelo acumulada nos dois polos?

— Não há certeza — retrucou a *Revue d'Édimbourg*. — E, mesmo que fosse o caso, não é necessário um período de 12 mil anos para que Vega se torne nossa estrela polar em consequência do fenômeno alegado e que a situação dos territórios árticos mude do ponto de vista climático?

— Ora — argumentou o *Dagblad* de Copenhague —, daqui a 12 mil anos será hora de investir! Mas, até lá, não vamos arriscar uma coroa sequer!

Embora fosse possível que a *Revue Scientifique* estivesse certa em relação a Adhémar, era muito provável que a North Polar Practical Association nunca tivesse considerado a modificação devido à precessão dos equinócios.

Na verdade, ninguém conseguia descobrir o que significava a cláusula do famoso documento, nem que mudança cósmica previa no futuro.

Para sabê-lo, talvez bastasse se dirigir ao conselho administrativo da nova sociedade, em especial a seu presidente. Mas o presidente era desconhecido! Igualmente desconhecidos: o secretário e os membros do conselho em questão. Não se sabia nem mesmo quem emitira o documento. Ele fora levado à redação do *New York Herald* por um certo William S. Forster, de Baltimore, honrado consignatário de bacalhau da firma de Ardrinell & Cia., de Terra Nova — evidentemente, um testa de ferro. Tão mudo em relação ao assunto quanto aos produtos consignados em suas lojas, nem os mais curiosos nem os mais espertos dentre os repórteres tiraram dele qualquer informação. Em suma, essa tal North Polar Practical Association era tão anônima que era impossível nomeá-la. É mesmo o cúmulo do anonimato.

Entretanto, enquanto os promotores da operação industrial insistam em manter sua personalidade em mistério absoluto, seu objetivo era clara e precisamente indicado pelo documento levado ao conhecimento do público do mundo todo.

Tratava-se de adquirir, com todo o rigor, a parte das regiões árticas delimitada circularmente pelo 84º grau de latitude, cujo ponto central é ocupado pelo polo Norte.

Não há nada mais certo do que, entre os descobridores modernos, aqueles mais aproximados do ponto inacessível, Parry, Markham, Lockwood e Brainard, terem se detido aquém desse paralelo. Quanto aos outros navegadores dos mares boreais, eles tinham parado em latitudes consideravelmente inferiores, como: Payer, em 1874, em 82º 15', ao norte da Terra de Francisco José e de Nova Zembla; Leout, em 1870, em 72º 47', acima da Sibéria; De Long, na expedição do *Jeannette*, em 1879, em 78º 45', nos arredores das ilhas que levam seu nome. Os outros, passando da Nova Sibéria e da Groenlândia, na altura do cabo de Bismarck, sequer passaram pelos 76º, 77º e 79º graus de latitude. Portanto, deixando um intervalo de 25 minutos de arco entre o ponto — 83º 35' — onde Lockwood e Brainard pisaram e o 84º paralelo, como indicava o documento, a North Polar Practical Association não invadia nenhuma das descobertas anteriores. Seu projeto englobava um terreno inteiramente virgem de pegadas humanas.

Vejamos a extensão dessa porção do globo, circunscrita pelo 84º paralelo.

De 84º a 90º, contamos seis graus, que, a sessenta milhas cada, compõem um raio de 360 milhas e um diâmetro de 720 milhas. A circunferência é, portanto, de 2.260 milhas, e a superfície de 407 mil milhas quadradas, arredondando.

Era mais ou menos equivalente a um décimo de toda a Europa — uma área de dimensão considerável!

O documento, como vimos, também determinava por princípio que essas regiões, ainda não reconhecidas geograficamente, por não pertencerem a ninguém, pertenciam a todos. Era razoável que a maior parte das potências nem considerasse reivindicar a posse delas. Porém, era de imaginar que os Estados fronteiriços, no mínimo, desejassem considerar tais regiões como o prolongamento de suas posses ao norte e, por consequência, tirassem proveito do direito de propriedade. Essas pretensões seriam ainda mais justificadas pois as descobertas ocorridas nas terras árticas se deviam em grande parte à audácia de seus nacionais. O governo federal, representado pela nova sociedade, atribuía a eles aquele direito e pretendia indenizá-los com o preço da aquisição. De qualquer modo, os adeptos da North Polar Practical Association não cansavam de repetir: a propriedade era indivisa e, como ninguém era forçado a manter a indivisão, ninguém poderia se opor à licitação daquele vasto terreno.

Os Estados com direitos indiscutíveis por questões de fronteira eram seis: a América, a Inglaterra, a Dinamarca, a Suécia e Noruega, a Holanda e a Rússia. Porém, outros países também poderiam argumentar que descobertas foram feitas por seus marinheiros e exploradores.

Assim, a França poderia intervir, pois alguns de seus filhos tinham participado das explorações com o objetivo de conquistar os territórios polares. Não poderíamos citar, entre outros, o corajoso Bellot, morto em 1853 nas proximidades da ilha de Beechey, durante a campanha da *Phénix*, enviado em busca de John Franklin? Esqueceríamos o dr. Octave Pavy, morto em 1884, perto do cabo Sabine, durante a missão Greely ao forte Conger? E a expedição que, em 1838-39, levou aos mares de Spitsbergen Charles Martins, Marmier, Bravais e seus intrépidos companheiros — não seria injusto abandoná-la ao esquecimento? Apesar disso, a França não achou digno se misturar àquela empreitada mais industrial do que científica e deixou para lá sua fatia do bolo polar, onde as outras potências corriam o risco de quebrar os dentes. Talvez ela estivesse certa e tenha agido bem.

O mesmo vale para a Alemanha. Ela tinha no portfólio, desde 1671, a campanha do hamburguês Friderich Martens a Spitsbergen, e, em 1869-70, as expedições da *Germania* e da *Hansa*, comandadas por Koldewey e Hegemann, que chegaram ao cabo Bismarck, ladeando a costa da Groenlândia. Porém, apesar desse passado de descobertas brilhantes, o país não desejou acrescentar ao império germânico um pedaço polar.

Foi o mesmo que ocorreu com a Áustria-Hungria, embora já fosse proprietária das terras de Francisco José, situadas ao norte do litoral siberiano.

Já a Itália, que não tinha nenhum direito de intervenção, não interveio — por incrível que pareça.

Havia também os samoiedos da Sibéria asiática, os inuítes, mais particularmente difundidos pelos territórios da América setentrional, os povos indígenas da Groenlândia, de Labrador, do arquipélago Baffin-Parry, das ilhas Aleutas, agrupadas entre a Ásia e a América, e aqueles que, sob o nome de chukchis, ocupam o antigo Alasca russo, tornado americano no ano 1867. Porém, esses povos — em suma, os verdadeiros donos naturais, os indiscutíveis povos autóctones das regiões do norte — também não teriam voz na discussão. Afinal, como os pobres coitados conseguiriam dar um lance, por menor que fosse, no leilão provocado pela North Polar Practical Association? Como essa gente pagaria? Em conchas, em dentes de morsa, ou em óleo de foca? Contudo, aquele terreno que seria posto à venda lhes pertencia um pouco, pelo direito de ocupação! Porém, os inuítes, os chukchis, os samoiedos... nem foram consultados.

O mundo é assim!

2
EM QUE OS EMISSÁRIOS INGLÊS, HOLANDÊS, SUECO, DINAMARQUÊS E RUSSO SE APRESENTAM AO LEITOR

O documento merecia resposta. Se a nova associação adquirisse as regiões boreais, estas se tornariam propriedade definitiva da América, ou, mais precisamente, dos Estados Unidos, cuja confederação perene tende a crescer incessantemente. Afinal, fazia poucos anos que a cessão dos territórios do noroeste feita pela Rússia, da cordilheira setentrional até o estreito de Bering, lhe acrescentara um bom pedaço do Novo Mundo. Portanto, seria lógico que as outras potências não vissem com bons olhos essa anexação das terras árticas à república federal.

Entretanto, assim que a ideia foi dada, os vários países da Europa e da Ásia — que não faziam fronteira com a região — se recusaram a participar do curioso leilão, de tão problemáticos que lhes pareciam os resultados. Apenas as potências cujo litoral se aproximava do 84º grau decidiram afirmar direitos por meio da intervenção de emissários oficiais. Veremos, contudo: elas não pretendiam pagar mais do que um preço módico, pois se tratava de um território cuja tomada de posse talvez fosse impossível. Ainda assim, a insaciável Inglaterra acreditou que deveria liberar para seu agente um crédito de valor mais considerável. Digamos logo: a cessão do território circumpolar não ameaçava em nada o equilíbrio europeu e não deveria resultar em nenhuma complicação internacional. O sr. Bismarck — o grande chanceler ainda estava vivo na época — sequer franziu a sobrancelha grossa de Júpiter alemão.

Estavam presentes, então, a Inglaterra, a Dinamarca, a Suécia-Noruega, a Holanda e a Rússia, que seriam recebidas para dar lances diante do leiloeiro de Baltimore, em concorrência com os Estados Unidos. A quem mais pagasse, pertenceria a calota de gelo do polo, cujo valor de mercado era, no mínimo, muito contestado.

Eis, também, os motivos pessoais para os cinco países europeus desejarem racionalmente que o leilão se fechasse a seu favor.

A Suécia-Noruega, proprietária do cabo Norte, situado acima do 70º paralelo, nem disfarçou que se considerava a detentora de direitos legítimos sobre os vastos espaços que se estendem até Spitsbergen e, por conseguinte, até o próprio polo. Afinal, o norueguês Keilhau e o célebre sueco Nordenskiöld não tinham contribuído para o progresso geográfico naquela área? Era incontestável.

A Dinamarca dizia o seguinte: ela já era mestre da Islândia e das ilhas Faroé, quase na linha do Círculo polar; as colônias fundadas mais ao norte nas regiões árticas lhe pertenciam, como a ilha Disko no estreito de Davis, os povoados de Holsteinborg, Proven, Godhavn e Uppernavik, na baía de Baffin, e na costa ocidental da Groenlândia. Além do mais, o famoso navegador Bering, de origem dinamarquesa, embora servisse à Rússia na época, não atravessou em 1728 o estreito que tomou seu nome, e, treze anos depois, morreu miseravelmente, com trinta homens da tripulação, no litoral de uma ilha que também tomou seu nome? Antes ainda, em 1619, o navegador Jens Munk não explorou a costa oriental da Groenlândia e identificou diversos pontos totalmente desconhecidos antes de sua chegada? A Dinamarca, pois, tinha sérios direitos à aquisição.

O documento fora levado à redação do *New York Herald*...

Para a Holanda, o destaque eram seus marinheiros, Barentz e Heemskerk, que visitaram Spitsbergen e a Nova Zembla no final do século 17. Fora de um de seus filhos, Jan Mayen, a intrépida campanha para o norte, em 1611, que trouxera ao país a posse de uma ilha com seu nome, situada acima do 71º grau de latitude. Portanto, seu passado o comprometia. Já os russos tinham desempenhado um papel notável na pesquisa do estreito que separa a Ásia da América, com Aleksei Chirikov, que comandava Bering, Paulutski, cuja expedição em 1751 avançou para além dos limites do oceano Ártico, e a dupla formada pelo capitão Martin Spanberg e pelo tenente William Walton, que se aventuraram nessa região desconhecida em 1739. Ademais, os russos por acaso já não dominavam metade do oceano, devido à disposição dos territórios siberianos, estendidos por 120 graus até a fronteira extrema de Kamchatka, ao longo do vasto litoral asiático onde vivem samoiedos, iacutos, chukchis e outros povos submetidos a sua autoridade? E, no paralelo 75, a menos de 900 milhas do polo, eles não detinham as ilhas e ilhotas da Nova Sibéria, o arquipélago dos Liatkow, descoberto no começo do século 18? Enfim, desde 1864, antes dos ingleses, dos americanos e dos suecos, o navegador Chichagov não buscou uma passagem ao norte para abreviar o itinerário entre os dois continentes?

Entretanto, no fim das contas, parecia que os americanos eram os mais interessados em tornar-se proprietários daquele ponto inacessível do globo. Eles também tinham tentado alcançá-lo diversas vezes, sempre dedicados à pesquisa de John Franklin, com Grinnell, Kane, Greely, De Long e outros navegadores corajosos. Eles também podiam argumentar com a situação geográfica do país, que se estende para além do Círculo Ártico, do estreito de Bering até a baía de Hudson. Essas terras todas, essas ilhas todas, Wollaston, Prince Albert, Victoria, King William, Melville, Cockburne, Banks, Baffin, sem contar as mil ilhotas do arquipélago, não seriam a extensão para conectá-los ao 90º grau? E, se o polo Norte se liga, por uma linha quase ininterrupta de territórios, a um dos grandes continentes do globo, não seria à América, mais do que aos prolongamentos da Ásia ou da Europa? Portanto, era natural que a proposta de aquisição fosse feita pelo governo federal em nome de uma sociedade americana, e, se uma potência tinha o direito menos questionável de possuir a terra polar, era, sim, os Estados Unidos da América.

É preciso reconhecer, contudo, que o Reino Unido, dono do Canadá e da Colúmbia Britânica, de onde vinham inúmeros marinheiros distinguidos pelas campanhas árticas, também teria motivos sólidos para desejar anexar aquela parte do globo a seu vasto império colonial. Portanto, seus jornais discutiram o tema longa e apaixonadamente.

"Sim! Sem dúvida", respondeu o grande geógrafo inglês Kliptringan, em um artigo do *Times* que causou furor. "Sim! Os suecos, os dinamarqueses, os holandeses, os russos e os americanos podem fazer valer seus direitos! Mas a Inglaterra não poderia deixar essa terra lhe escapar sem derrota. A parte norte do novo continente já não lhe pertence? Essas terras, essas ilhas, que a compõem não foram conquistadas por seus descobridores, desde Willoughby, que visitou Spitsbergen e a Nova Zembla em 1739, até McClure, cujo navio cruzou a passagem noroeste em 1853?"

"E além do mais", declarou o *Standard* nas palavras do almirante Fize, "Frobisher, Davis, Hall, Weymouth, Hudson, Baffin, Cook, Ross, Parry, Bechey, Belcher, Franklin, Mulgrave, Scoresby, McClintock, Kennedy, Nares, Collinson e Archer não tinham origem anglo-saxônica? Que país poderia fazer reivindicação mais justa da porção das regiões árticas que esses navegadores não alcançaram ainda?"

"Ora!", respondeu o *San Diego Courier*, da Califórnia. "Traremos a questão ao que interessa de verdade e, visto que há um problema de amor-próprio entre os Estados Unidos e a Inglaterra, diremos: enquanto o inglês Markham, da expedição Nares, chegou a 83° 20' de latitude setentrional, os americanos

Lockwood e Brainard, da expedição Greely, o ultrapassaram em quinze minutos de grau e fizeram cintilar as 38 estrelas do pavilhão dos Estados Unidos em 83° 35'. É deles a glória de chegar mais perto do polo Norte!"

Foram esses os ataques, e essas as respostas.

Enfim, inaugurando a série de navegadores que se aventuraram ao meio das regiões árticas, convém citar ainda o veneziano Caboto — 1498 — e o português Corte-Real — 1500 —, que descobriram a Groenlândia e Labrador. Porém, nem a Itália, nem Portugal pensaram em participar do leilão previsto e não se preocupavam muito com o Estado que dele se beneficiaria.

Era fácil prever que a luta só seria ferrenha, disputada a dólares e libras esterlinas, entre Inglaterra e América.

Enquanto isso, diante da proposta formulada pela North Polar Practical Association, os países fronteiriços à região boreal se reuniram em congressos comerciais e científicos. Após o debate, decidiram participar do leilão, cuja abertura estava marcada para 3 de dezembro em Baltimore, concedendo aos emissários um crédito que não poderia ser ultrapassado. Quanto ao valor resultante da venda, seria dividido entre os cinco Estados não adjudicatários, que o receberiam como indenização por renunciar qualquer direito futuro.

Embora ocorresse certa discussão, a situação acabou se arranjando. Os Estados interessados aceitaram também que a concorrência fosse efetuada em Baltimore, como indicado pelo governo federal. Os emissários, munidos de cartas de crédito, saíram de Londres, Haia, Estocolmo, Copenhague e Petesburgo e chegaram aos Estados Unidos três semanas antes da data marcada para o leilão.

Na época, a América era representada apenas pelo homem responsável pela North Polar Arctic Association, esse tal William

S. Forster, cujo nome figurava sozinho no documento de 7 de novembro publicado pelo *New York Herald*.

Quanto aos emissários dos Estados europeus, os escolhidos, que convém indicar por algum traço especial, foram os seguintes:

Da Holanda: Jacques Jansen, antigo conselheiro das Índias Orientais Neerlandesas, de 53 anos, gordo, baixo, de busto parrudo, braços curtos, pernas curtas e arqueadas, óculos de alumínio, rosto redondo e rubro, cabelo em forma de auréola, bigodes grisalhos — um homem corajoso, embora um pouco incrédulo diante de uma empreitada cujas consequências práticas não lhe ocorriam.

Da Dinamarca: Eric Baldenak, ex-subgovernador dos territórios groenlandeses, de estatura média, ombros tortos, pança protuberante, cabeça enorme e redonda, míope a ponto de amassar a ponta do nariz nos livros e cadernos, um homem que não escutaria argumento nenhum relativo ao direito de seu país, que se considerava proprietário legítimo das regiões do norte.

Da Suécia e Noruega: Jan Harald, professor de cosmografia em Christiania e um dos partidários mais vigorosos da expedição Nordenskiöld, um típico e verdadeiro homem do norte, de rosto rubicundo e barba e cabelo loiros, da cor do trigo bem maduro. Ele via como fato que a calota polar, por ser ocupada apenas pelo mar paleocrístico, não tinha o menor valor; portanto, não tinha o menor interesse na questão e só estava presente por uma questão de princípios.

Da Rússia: o coronel Boris Karkof, metade militar, metade diplomata, alto, rígido, cabeludo, barbudo, bigodudo, duro na queda, aparentando desconforto na roupa civil e sem perceber procurando o punho da espada que antes carregava — muito intrigado para saber o que a proposta da North Polar Practical Association escondia e se no futuro não causaria conflitos internacionais.

Por fim, da Inglaterra: o major Donellan e seu secretário, Dean Toodrink. Estes representavam, juntos, todos os apetites e as aspirações do Reino Unido, seus instintos comerciais e industriais, sua aptidão a considerar como seus, por lei natural, os territórios setentrionais, meridionais ou equatoriais que não pertencessem a ninguém.

Um inglês por excelência, o major Donellan era alto, magro, ossudo, nervoso, anguloso, com pescoço de narceja, cara de Palmerston, ombros retraídos, pernas de garça, ainda muito viril apesar dos sessenta anos, infatigável — o que demonstrara em seu trabalho na delimitação das fronteiras da Índia com a Birmânia. Ele não ria nunca e talvez jamais tivesse rido. Por que riria? Alguém já vira uma locomotiva rir? Ou uma bomba d'água, um barco a vapor?

Nisso, o major era fundamentalmente diferente do secretário Dean Toodrink — um rapaz tagarela, simpático, de cabeça forte, cabelo caído na testa, olhinhos apertados. Era escocês de nascimento, muito conhecido em Edimburgo por suas conversas engraçadas e seu gosto por histórias do arco da velha. Porém, embora entusiasmado, ele não se mostrava menos dedicado, exclusivo nem intransigente do que o major Donellan ao tratar das reivindicações menos justificáveis da Grã-Bretanha.

Esses dois emissários decerto seriam os adversários mais obstinados da sociedade americana. O polo Norte era deles, pertencia-lhes desde a pré-história, como se fosse aos ingleses que o Criador dera a missão de garantir a rotação da Terra no eixo, e os dois fariam de tudo para impedi-lo de cair em mãos estrangeiras.

Convém aqui observar que, embora a França não tivesse considerado relevante enviar um emissário, fosse oficial ou oficioso, um engenheiro francês fora acompanhar de perto a situação curiosa "por amor à arte". Veremos a aparição dele no momento oportuno.

O corajoso Bellot, morto em 1853.

Os representantes das potências setentrionais da Europa chegaram então a Baltimore por transatlânticos diferentes, decididos a não se deixarem influenciar. Eram rivais. Todos traziam no bolso o crédito necessário para o combate. Porém, vale aqui dizer que não lutariam com armas equivalentes. Um poderia dispor de uma quantia que nem chegava ao milhão, e outro, de um valor que o ultrapassava. E, na verdade, para adquirir um pedaço de nosso esferoide onde parecia impossível pisar, o montante deveria parecer caro demais! Quem tinha vantagem nesse aspecto era o emissário inglês, para o qual o Reino Unido liberara um crédito considerável. Graças a isso, o major Donellan não teria muita dificuldade em vencer os adversários sueco, dinamarquês, holandês e russo. Já com a América, a história era outra; seria menos simples conquistá-la no campo dos dólares. Era, no mínimo, provável que a misteriosa sociedade tivesse fundos consideráveis à disposição. Bem provável que a batalha de milhões só ocorresse entre os Estados Unidos e a Grã-Bretanha.

Com o desembarque dos emissários europeus, a opinião pública foi tomada por ainda mais alvoroço. Os boatos mais peculiares se espalharam pelos jornais. Formularam-se hipóteses estranhas quanto à aquisição do polo Norte. O que queriam fazer lá? O que podiam fazer lá? Nada — a não ser que quisessem cuidar das geleiras do Novo e do Velho Mundo! Um jornal de Paris, *Le Figaro*, chegou a sugerir com humor essa opinião. Porém, para isso seria necessário atravessar o 84º paralelo.

Enquanto isso, os emissários, embora evitassem uns aos outros na viagem transatlântica, começaram a se aproximar quando reunidos em Baltimore.

As razões foram as seguintes:

Desde a chegada, todos tentaram entrar em contato com a North Polar Practical Association, separadamente, uns pelas costas dos outros. O que eles procuravam saber, se possível, eram os motivos escondidos por trás da história toda e que vantagem a sociedade esperava levar. Porém, até o momento, nada indicava que a associação tivesse montado um escritório em Baltimore. Nada de sede, nada de funcionários. Para informações, procurar William S. Forster, na High Street. Não parecia que o honesto consignatário de bacalhau soubesse mais do assunto do que qualquer portador daquela cidade.

"É dos americanos a glória
de chegar mais perto do polo Norte!"

Os emissários, portanto, não descobriram nada. Foram relegados às conjecturas, mais ou menos absurdas, espalhadas pelas divagações públicas. O segredo da sociedade permaneceria assim impenetrável enquanto ela não o revelasse? Havia dúvidas. Ela decerto só se faria ouvir após a aquisição.

Acabou, então, que os emissários se encontraram, se visitaram, se sondaram e, por fim, começaram a se comunicar — talvez com a intenção de formar uma liga contra o inimigo comum: a empresa americana.

Na noite de 22 de novembro, eles se reuniram em conferência no hotel Wolesley, no apartamento ocupado pelo major Donellan e seu secretário Dean Toodrink. Essa tendência à aliança comum se devia sobretudo às manobras hábeis do coronel Boris Karkof, o diplomata sagaz que conhecemos.

De início, a conversa tratou das consequências comerciais ou industriais que a Sociedade pretendia tirar da aquisição do domínio ártico. O professor Jan Harald indagou se algum dos colegas conseguira informações a respeito. Todos, pouco a pouco, admitiram que tentaram abordar William S. Forster, a quem, de acordo com o documento, deveriam endereçar as correspondências.

— Mas fracassei — disse Eric Baldenak.

— E eu não tive sucesso — acrescentou Jacques Jansen.

— Já eu — respondeu Dean Toodrink —, quando me apresentei em nome do major Donellan nas lojas da High Street, encontrei um homem gordo de terno preto, cartola e um avental branco que cobria do queixo às botas. E, quando pedi informações, ele me respondeu que o cargueiro South Star tinha acabado de chegar cheio de Terra Nova e que ele poderia me fornecer um estoque considerável de bacalhau fresco por conta da casa Ardrinell & Cia.

— Haha! — retrucou o antigo conselheiro das Índias Orientais Neerlandesas, sempre um pouco cético. — Melhor comprar um carregamento de bacalhau do que jogar dinheiro fora nas profundezas do oceano Ártico!

— A questão não é essa — disse o major Donellan, em tom seco e altivo. — Não estamos falando de bacalhau, mas, sim, da calota polar...

— Que a América quer meter na cabeça! — acrescentou Dean Toodrink, rindo da própria brincadeira.

— Iam acabar resfriados — disse astutamente o coronel Karkof.

— A questão não é essa — insistiu o major Donellan —, e não sei por que possíveis corizas surgiram no meio de nossa conferência. O que é certo é que, por algum motivo, a América, representada pela North Polar Practical Association, e reparem no termo "prático", meus senhores, quer comprar uma superfície de 407 mil milhas quadradas ao redor do Ártico, no momento circunscrita, e reparem na expressão "no momento", meus senhores, pelo 84º grau de latitude boreal...

— Sabemos disso, major Donellan — retrucou Jan Harald —, e mais! O que não sabemos é como a sociedade em questão pretende explorar esses territórios, se forem territórios, ou esses mares, se forem mares, do ponto de vista industrial...

— A questão não é essa — respondeu uma terceira vez o major Donellan. — Um Estado deseja pagar para se apropriar de uma porção do globo que, por posição geográfica, parece pertencer mais especificamente à Inglaterra...

— À Rússia — disse o coronel Karkof.

— À Holanda — retrucou Jacques Jansen.

— À Suécia-Noruega — disse Jan Harald.

— À Dinamarca — retorquiu Eric Baldenak.

Os cinco emissários bateram de frente, e a conversa corria o risco de passar ao indecoroso quando Dean Toodrink tentou intervir pela primeira vez:

— Meus senhores — chamou ele, em tom conciliador —, a questão não é essa, como diria meu chefe, o major Donellan.

Visto que foi decidido, em princípio, que as regiões circumpolares serão postas à venda, elas pertencerão necessariamente ao Estado, representado pelos senhores, que apresentar à concorrência o lance mais elevado. Portanto, visto que a Suécia-Noruega, a Rússia, a Dinamarca, a Holanda e a Inglaterra liberaram crédito para os emissários, não seria melhor que formassem um sindicato, de modo a dispor de tamanha quantia que a sociedade americana não tenha como enfrentar?

Os emissários se entreolharam. Esse tal de Dean Toodrink talvez tivesse encontrado a saída. Um sindicato... Hoje em dia, essa palavra dizia tudo. Sindicalizar-se é como respirar, beber, comer, dormir. Não há nada de mais moderno — na política, nem nos negócios.

Entretanto, era necessária uma objeção — ou, melhor, uma explicação —, e Jacques Jansen interpretou o sentimento dos colegas ao dizer:

— E depois?

Pois não! E depois da aquisição pelo sindicato?

— Me parece que a Inglaterra... — disse o major, rígido.

— E a Rússia... — acrescentou o coronel, franzindo horrivelmente as sobrancelhas.

— E a Holanda... — lembrou o conselheiro.

— Quando Deus deu aos dinamarqueses a Dinamarca... — observou Eric Baldenak.

— Perdão — exclamou Dean Toodrink —, um país apenas foi dado por Deus, e é a Escócia!

— Por que isso? — perguntou o emissário sueco.

— O poeta não disse "*Deus nobis* haec otia *fecit*"? — retrucou o piadista, traduzindo a seu modo o fim do sexto verso da primeira écloga de Virgílio.[1]

---

1. A expressão latina *Deus nobis haec otia fecit*, que significa "deus nos concedeu esse descanso", é citada nas *Écoglas* de Virgílio, também chamadas de *Bucólicas*. [N. E.]

Todos caíram na gargalhada — exceto o major Donellan —, e com isso a discussão, que ameaçava acabar mal, foi novamente interrompida. Então, Dean Toodrink acrescentou:

— Não briguemos, meus senhores! Para quê? Melhor formar nosso sindicato...

— E depois? — insistiu Jan Harald.

— Depois? — respondeu Dean Toodrink. — É simples, meus senhores. Após a compra, a propriedade do domínio polar continuará indivisa entre os senhores, ou, por meio de indenização justa, será transferida para um dos Estados que a adquiriram. Porém, o objetivo principal será atingido, isto é, eliminar definitivamente os representantes americanos!

Havia vantagens nessa proposta — pelo menos naquele momento, pois, no futuro próximo, os emissários acabariam a puxões de cabelo — e sabemos bem que são cabeludos! —, quando chegasse a hora de decidir o comprador definitivo desse terreno tão concorrido quanto inútil. De qualquer modo, como indicara Dean Toodrink com tanta inteligência, os Estados Unidos estariam inteiramente barrados da compra.

— Até que me parece sensato — disse Eric Baldenak.

— Perspicaz — afirmou o coronel Karkof.

— Engenhoso — disse Jan Harald.

— Astuto — comentou Jacques Jansen.

— Bem inglês! — disse o major Donellan.

Todos falaram, na esperança de, mais tarde, manipular os estimados colegas.

— Assim, meus senhores — retomou Boris Karkof —, fica combinado que, se nos sindicarmos, os direitos de cada Estado estarão inteiramente reservados no futuro?

Ficou combinado.

Faltava apenas saber que crédito os diversos Estados tinham colocado à disposição dos emissários. Não duvidavam que, somados, os créditos chegassem a uma quantia tão significativa que os recursos da North Polar Practical Association não pudessem ultrapassá-la.

A questão foi apresentada por Dean Toodrink.

No entanto, aí estava outro problema. Silêncio absoluto. Ninguém queria responder. Mostrar a carteira? Virar os bolsos na caixa do sindicato? Expor, de antemão, o limite dos lances de todos? Para isso, não tinham a menor pressa! E se ocorresse algum outro desentendimento posterior entre os novos sindicatados? E se as circunstâncias os obrigassem a lutar, cada um por si? E se o diplomata Karkof se magoasse com as astúcias de Jacques Jansen, que se ofenderia com as intrigas sorrateiras de Eric Baldenak, que se irritaria com as manhas de Jan Harald, que se recusaria a aguentar as pretensões exageradas do major Donellan, que, por sua vez, não teria o menor pudor em armar tramoias contra todos os colegas? Enfim, declarar o crédito era abrir o jogo, sendo que o necessário era esconder as cartas.

Na verdade, havia apenas duas maneiras de responder à pergunta justa, mas indiscreta, de Dean Toodrink. Ou exagerar os créditos — o que levaria ao maior constrangimento na hora de transferir o montante —, ou diminui-los de modo tão derisório que acabaria em brincadeira e não daria o menor seguimento à proposta.

A ideia ocorreu primeiro ao ex-conselheiro das Índias Orientais Neerlandesas, que, devemos admitir, não era nada sério, e todos os colegas seguiram sua deixa.

— Meus senhores — declarou a Holanda na voz dele —, infelizmente, para adquirir o domínio ártico, disponho apenas de cinquenta *rijksdaalder*.

— E eu, de 35 rublos — disse a Rússia.

— E eu, de vinte coroas — afirmou a Suécia-Noruega.

— E eu, de quinze coroas — disse a Dinamarca.

— Ora — respondeu o major Donellan, em um tom que transmitia aquela atitude de desdém tão natural à Grã-Bretanha —, então a aquisição será feita às custas dos senhores, pois a Inglaterra dispõe apenas de um xelim e seis centavos!

E, com essa declaração irônica, concluiu-se a conferência dos emissários da velha Europa.

3
EM QUE OCORRE O LEILÃO DAS REGIÕES DO POLO ÁRTICO

Por que a venda ocorreria, em 3 de dezembro, no salão comum dos leilões, onde em geral se vendiam apenas objetos domésticos, móveis, utensílios, ferramentas, instrumentos etc. ou obras de arte, quadros, estátuas, medalhas e antiguidades? Por que, como se tratava de uma licitação imobiliária, ela não ocorreria no cartório ou no tribunal, instituições destinadas àquele tipo de negociação? Por que, enfim, haveria intervenção de um leiloeiro, quando da venda de parte do globo terrestre? Esse pedaço do esferoide poderia ser comparado a qualquer móvel comum, como se não fosse o bem mais imóvel do mundo?

Em suma, parecia ilógico. No entanto, assim seria. O todo das regiões árticas havia de ser vendido em tais condições, e o contrato nem por isso perderia o valor. Na realidade, aquilo tudo nem indicava que, para a North Polar Practical Association, o imóvel em questão valia como móvel, como se fosse possível deslocá-lo. Mesmo assim, tal peculiaridade ainda intrigava certos pensadores dos mais perspicazes — raríssimos, mesmo nos Estados Unidos.

Contudo, havia um precedente. Uma porção do planeta já fora adjudicada em um salão daqueles, em processo conduzido por um leiloeiro. Precisamente na América.

William S. Forster, honrado consignatário de bacalhau.

Na realidade, alguns anos antes, em São Francisco, na Califórnia, uma ilha do Pacífico, a ilha Spencer,[1] fora vendida ao rico William W. Kolderup, que ultrapassara em 500 mil dólares seu concorrente J. R. Taskinar, de Stockton. A ilha acabara comprada por 4 milhões de dólares. Claro, trata-se de uma ilha habitável, situada apenas a poucos graus da costa californiana, com florestas, riachos, terra produtiva e sólida, campos e

---

[1]. O episódio da venda da ilha Spencer é narrado em outro romance de Jules Verne, *A escola dos Robinsons*, de 1882. [N. E.]

pradarias suscetíveis à agricultura, diferente de uma região remota, talvez um mar coberto de gelo eterno, bloqueada por geleiras intransponíveis e que provavelmente jamais poderia ser ocupada por ninguém. Seria de se imaginar, então, que o terreno incerto do polo, em leilão, não chegaria nunca a um preço daqueles.

Contudo, naquele dia, a estranheza do negócio atraíra, se não muitos aficionados sérios, pelo menos uma boa quantidade de curiosos, ansiosos para saber o desfecho. A briga, em suma, decerto seria muito interessante.

Desde que chegaram em Baltimore, os emissários europeus se tinham visto muito cercados, muito procurados — e, é claro, muito entrevistados. Como tudo acontecia na América, não surpreende que a opinião pública estivesse exaltada ao máximo. Daí, começaram as apostas absurdas — a forma mais comum que toma tal empolgação nos Estados Unidos, cujo exemplo contagioso já começa a ser seguido na Europa. Enquanto os cidadãos da Confederação americana, tanto os da Nova Inglaterra quanto os dos estados centrais, os do oeste e os do sul, dividiam-se em grupos de opiniões distintas, todos, claro, torciam pelo próprio país. Esperavam que o polo Norte fosse envolto pelas dobras da bandeira de 38 estrelas. Entretanto, ainda sentiam certa inquietação. Não era a Rússia, a Suécia-Noruega, a Dinamarca, nem a Holanda que temiam, pois suas chances não eram significativas. Porém, o Reino Unido estava presente com suas ambições territoriais, sua tendência a absorver tudo, sua tenacidade conhecida, seu dinheiro tão invasivo. Assim, quantias altas foram movimentadas. Apostavam em *America* e *Great Britain* como se apostaria em cavalos de corrida, e com probabilidades parecidas. Quanto a *Denmark, Sweden, Holland* e *Russia*, embora oferecidas a 12 e 13 ½, não eram muitos os interessados.

O leilão foi anunciado para o meio-dia. Desde o amanhecer, a aglomeração de curiosos obstruía a circulação na Bolton Street. Desde a véspera, a opinião pública estava sendo bastante instigada. Pelo telégrafo transatlântico, os jornais tinham acabado de ser informados de que a maioria das apostas feitas pelos americanos era em nome dos ingleses, e Dean Toodrink imediatamente expusera essa cotação na sala dos leilões. O governo da Grã-Bretanha, pelo que diziam, liberara fundos consideráveis para o major Donellan... No Almirantado Britânico, observava o *New York Herald*, os lordes faziam pressão para adquirir as terras árticas, designadas desde já para figurar na nomenclatura das colônias inglesas etc. etc.

O que havia de verdade naquelas notícias, o que era provável naqueles relatos? Não dava para saber. Porém, naquele dia, em Baltimore, as pessoas mais sensatas pensavam que, se a North Polar Practical Association fosse abandonada a seus próprios recursos, o embate talvez fosse terminar com a vitória da Inglaterra. Portanto, os ianques mais fervorosos buscavam pressionar o governo de Washington. No meio da efervescência, a nova sociedade, encarnada pela figura modesta de seu agente, William S. Forster, não parecia se preocupar com o arrebatamento geral, como se seu sucesso fosse garantido e incontestável.

À medida que se aproximava a hora, a multidão se apinhava por toda a Bolton Street. Três horas antes das portas se abrirem, já era impossível chegar no salão. O espaço reservado ao público estava transbordando de gente. Apenas um número determinado de lugares, cercados por uma barreira, foi reservado para os emissários europeus. Era o mínimo, para que pudessem acompanhar as etapas da adjudicação e propor os lances.

Ali estavam Eric Baldenak, Boris Karkof, Jacques Jansen, Jan Harald, o major Donellan e seu secretário, Dean Toodrink.

Eles formavam um grupo compacto, todos acotovelados, como soldados em formação de coluna. Parecia até que estavam prestes a atacar o polo Norte!

Do lado da América, ninguém se apresentara além do consignatário de bacalhau, cujo rosto comum expressava a mais perfeita indiferença. Ele sem dúvida parecia o menos emocionado entre todos os presentes e decerto pensava apenas nos carregamentos que aguardava por navios vindos de Terra Nova. Quem seriam, afinal, os capitalistas representados por aquele sujeito, que talvez movimentasse milhões de dólares? Era uma questão digna da curiosidade aguçada do público.

Na realidade, ninguém nem imaginaria que J. T. Maston e a sra. Angelina Scorbitt tivessem qualquer envolvimento no negócio. Como adivinhariam? Contudo, os dois estavam ali, perdidos na multidão, sem lugar reservado, cercados de alguns dos principais membros do Gun Club, os colegas de J. T. Maston. Com a aparência de simples espectadores, não demonstravam nenhum interesse particular. Nem o próprio William S. Forster parecia conhecê-los.

Não precisamos dizer que, diferente do hábito estabelecido em leilões, seria impossível expor o objeto à venda ao público. Não dava para passar o polo Norte de mão em mão, examiná-lo de todos os lados, analisá-lo à lupa nem esfregá-lo para constatar se a pátina era verdadeira ou artificial, como se faria com um bibelô antigo, mesmo que antigo ele fosse — anterior à idade do ferro, do bronze, da pedra, ou seja, às épocas pré-históricas, afinal datava do princípio do mundo!

Porém, embora o polo não estivesse presente no estrado do leiloeiro, um mapa amplo, bem exposto aos interessados, indicava em cores intercaladas a configuração da região ártica. A dezessete graus acima do Círculo Polar, um traço vermelho, muito aparente, marcado no 84º paralelo, circunscrevia a parte do globo cuja venda fora provocada pela North Polar Practical Association. Parecia que a região deveria ser ocupada por um mar, coberta de uma carapaça gelada de grossura considerável. Porém, isso seria problema dos compradores. Pelo menos, eles não se veriam enganados em relação à mercadoria.

Ao soar do meio-dia, o leiloeiro, Andrew R. Gilmour, entrou por uma portinhola recortada na parede de *boiserie* do fundo e se posicionou na frente do púlpito. O pregoeiro, Flint, de voz trovejante, caminhava a passos pesados, com movimentos dignos de um urso enjaulado, ao longo da barreira que continha o público. Os dois se regozijavam com a ideia de que a sessão lhes renderia uma porcentagem enorme, que embolsariam com prazer. É evidente que a venda seria feita em espécie, em *cash*, segundo o termo americano. Quanto ao valor, por maior que fosse, seria integralmente entregue às mãos dos emissários, em benefício dos Estados não adjudicatários.

No momento, o sino da sala, badalando à toda, anunciou lá fora — até mesmo *urbi et orbi* — que o leilão estava aberto.

Que momento solene! Os corações do bairro, da cidade inteira, vibravam. Da Bolton Street às quadras adjacentes, um rumor prolongado, se propagando através da agitação do público, penetrou na sala.

Andrew R. Gilmour precisou aguardar que o murmúrio da turba se acalmasse para tomar a palavra.

Então ele se levantou e olhou ao redor da plateia. Por fim, deixando os óculos penderem no peito, declarou, com a voz levemente emocionada:

— Senhores, por proposta do governo federal e graças à aquiescência outorgada à proposta dos diversos Estados do Novo Mundo e do Antigo Continente, colocaremos à venda um lote de terrenos situados ao redor do polo Norte, conforme ele se estende e comporta nos limites atuais do 84º paralelo, em continentes, mares, estreitos, ilhas, ilhotas, geleiras, partes sólidas ou líquidas, diversas e gerais.

Em seguida, apontou para a parede:

— Olhem, por favor, para o mapa, que foi desenhado a partir das descobertas mais recentes. Vocês verão que a superfície do lote contém, muito aproximadamente, 407 mil milhas quadradas ininterruptas. Assim, para facilitar a venda, foi decidido que os lances serão aplicados a cada milha quadrada. Um centavo valerá, portanto, arredondando, 407 mil centavos, e um dólar, 407 mil dólares... Silêncio, senhores, por favor!

A recomendação não era supérflua, pois a impaciência do público se traduzia em um tumulto que o ruído dos lances teria dificuldade de superar.

Quando se estabeleceu um silêncio parcial, principalmente devido à intervenção do pregoeiro Flint, que mugiu como uma sirene de alarme em meio à bruma, Andrew R. Gilmour voltou a falar:

— Antes de começar, devo lembrar mais uma das cláusulas da adjudicação: que o terreno polar será adquirido em caráter definitivo, e sua propriedade será incontestável pelos vendedores, considerando a atual circunscrição pelo 84º grau de latitude setentrional, e quaisquer que sejam as modificações geográficas ou meteorológicas que possam ocorrer no futuro!

Mais uma vez essa disposição singular, inserida no documento, que estimulava piadas de uns e despertava a atenção de outros.

— O leilão está aberto! — disse o leiloeiro, com voz vibrante.

E, com o martelo de marfim tremendo na mão, movido pelos hábitos de jargão leiloeiro, ele acrescentou, em tom anavalhado:

— Primeira praça em lance mínimo de dez centavos por milha quadrada!

Dez centavos, ou um décimo de dólar, somava um valor de 40.700 dólares pela totalidade do terreno ártico.

Mesmo se o leiloeiro Andrew R. Gilmour recebesse um lance no valor inicial, a proposta foi logo coberta por Eric Baldenak, em nome do governo dinamarquês.

— Vinte centavos!

— Trinta centavos! — declarou Jacques Jansen, em nome da Holanda.

— Trinta e cinco — disse Jan Harald, em nome da Suécia-Noruega.

— Quarenta — ofereceu o coronel Boris Karkof, em nome de todas as Rússias.

Isso já representava 162.800 dólares, e o leilão mal tinha começado!

Convém observar que o representante da Grã-Bretanha ainda não abrira a boca; nem chegara a afastar os lábios, franzidos e estreitos.

Por sua vez, William S. Forster, o consignatário de bacalhau, mantinha um silêncio impenetrável. Ele, na verdade, parecia absorto na leitura do *Mercurial of Newfoundland*, que registrava as chegadas e cotações de mercadoria do dia nos mercados da América.

— Quarenta centavos a milha quadrada! — repetiu Flint, com uma voz que acabava em uma espécie de gorjeio. — Quarenta centavos!

Os quatro colegas do major Donellan se entreolharam. Já teriam esgotado o crédito, logo no início da briga? Já seriam obrigados a calar-se?

— Então, senhores — continuou Andrew R. Gilmour —, quarenta centavos! Quem dá mais? Quarenta centavos! A calota polar vale mais...

Parecia até que ia acrescentar: "Gelo puro garantido!".

Porém, o emissário dinamarquês acabara de dizer:

— Cinquenta centavos!

E o emissário holandês cobrira a oferta com mais dez centavos.

— Sessenta centavos a milha quadrada! — exclamou Flint. — Sessenta centavos? Ninguém diz nada?

Esses sessenta centavos já totalizavam o valor respeitável de 244.200 dólares.

O que ocorreu, então, foi que a plateia recebeu o lance da Holanda com um murmúrio de satisfação. Coisa bizarra, mas bem humana, os cockneys miseráveis e despossuídos ali presentes, os pobres coitados que não tinham um centavo no bolso, pareciam ser os mais interessados pela briga a dólares.

Após a intervenção de Jacques Jansen, o major Donellan ergueu a cabeça e olhou para o secretário, Dean Toodrink. Porém, diante de um sinal negativo imperceptível deste, ele continuou calado.

William S. Forster, ainda mergulhado nas profundezas da leitura do periódico, tomava notas a lápis nas margens.

Enquanto isso, J. T. Maston respondia com um breve aceno de cabeça aos sorrisos da sra. Evangelina Scorbitt.

— Francamente, senhores, cadê o ânimo? Que apatia é essa? Que moleza! Que moleza! — insistiu Andrew R. Gilmour. — Ora essa! Ninguém diz nada. É hora de arrematar?

Ele levantou e abaixou o martelo como um aspersório entre os dedos de um bedel de paróquia.

— Setenta centavos! — interveio o professor Jan Harald, com a voz um pouco trêmula.

— Oitenta! — respondeu quase que de imediato o coronel Boris Karkof.

— Dou-lhe uma... Oitenta centavos! — gritou Flint, cujos olhos redondos e largos brilhavam com o fogo do leilão.

"Silêncio, senhores, por favor!"

Um gesto de Dean Toodrink fez o major Donellan se erguer como se movido a mola.

— Cem centavos! — disse, em tom seco, o representante da Grã-Bretanha.

Aquelas palavras comprometiam 407 mil dólares ingleses.

Os apostadores a favor do Reino Unido soltaram vivas, devolvidos por parte do público em eco.

Os apostadores a favor da América se entreolharam, bastante decepcionados. Quatrocentos e sete mil dólares? Já era um valor alto por aquela região imaginária do polo Norte! Quatrocentos e sete mil dólares de geleiras, campos de gelo e banquisas!

E o homem da North Polar Practical Association, que não dizia uma palavra sequer, nem chegava a levantar a cabeça! Será que ele nunca decidiria lançar, por fim, outra oferta? Se a intenção fosse aguardar que os emissários dinamarquês, sueco, holandês e russo esgotassem o crédito, parecia que chegara o momento. Na verdade, a expressão dos demais indicava que, diante dos "cem centavos" do major Donellan, eles estavam decididos a abandonar o campo de batalha.

— A cem centavos por milha quadrada! — declarou por duas vezes o leiloeiro.

— Cem centavos! Cem centavos! Cem centavos! — repetiu o pregoeiro Flint, fechando parcialmente a mão para que lhe servisse de megafone.

— Ninguém cobre o lance? — insistiu Andrew R. Gilmour. — Está claro? Está combinado? Nenhum arrependimento? Arrematamos?

Ele curvou o braço que balançava o martelo, passando o olhar de provocação pela plateia, cujos murmúrios se acalmaram em um silêncio comovente.

— Dou-lhe uma... Dou-lhe duas... — prosseguiu.

— Cento e vinte centavos — disse, tranquilo, William S. Forster, sem nem erguer os olhos, após virar a página do jornal.

— Viva! Viva! Viva! — gritaram os apostadores que mais pagaram em favor dos Estados Unidos da América.

O major Donellan se endireitara também. Ele girava mecanicamente o pescoço no ângulo formado pelos ombros, e a boca se esticava em um bico. Fulminava com o olhar o impassível representante da companhia americana, mas não conseguiu causar a menor reação — nem mesmo uma troca de olhares. O maldito William S. Forster mal se mexia.

— Cento e quarenta — disse o major Donellan.

— Cento e sessenta — ofereceu Forster.

— Cento e oitenta — clamou o major.

— Cento e noventa — murmurou Forster.

— Cento e noventa e cinco centavos! — urrou o emissário da Grã-Bretanha.

Ao dizer isso e cruzar os braços, ele pareceu jogar um desafio aos 38 estados da confederação.

Daria para escutar os passos de uma formiga, o nado de um alburnete, o voo de uma borboleta, o deslize de uma minhoca, o movimento de um micróbio. Todos os corações batiam juntos. Todas as vidas estavam suspensas na boca do major Donellan. Sua cabeça, em geral tão móvel, já não se mexia. Quanto a Dean Toodrink, ele coçava a cabeça até arrancar o couro cabeludo.

Andrew R. Gilmour deixou passar alguns instantes, que pareceram demorar séculos. O consignatário de bacalhau continuava a ler o jornal e a anotar valores que evidentemente não tinham qualquer relação com aquele negócio. Será que ele também chegara ao fim do crédito? Será que renunciaria ao último lance? Será que o valor de 195 centavos por milha quadrada, ou 793.050 dólares pela totalidade do terreno, parecia ter atingido o limite do absurdo para ele?

— Cento e noventa e cinco centavos! — retomou o leiloeiro. — Vamos arrematar...

O martelo estava prestes a bater no púlpito.

— Cento e noventa e cinco centavos! — repetiu o pregoeiro.

— Arremate! Arremate!

A imposição foi ordenada por diversos espectadores impacientes, como uma praga rogada contra as hesitações de Andrew R. Gilmour.

— Dou-lhe uma... Dou-lhe duas! — gritou ele.

O olhar de todos estava voltado para o representante da North Polar Practical Association.

Imaginem! O homem intrigante estava assoando o nariz demoradamente em um enorme lenço quadriculado, que bloqueava com violência o orifício das narinas.

O olhar de J. T. Maston estava fixo nele, assim como o da sra. Evangelina Scorbitt, voltado para a mesma direção. Pela palidez no rosto dos dois, daria para ver a violência da emoção que tentavam controlar. Por que William S. Forster hesitava em cobrir o lance do major Donellan?

William S. Forster assoou o nariz outra vez, e mais uma, com o ruído de uma verdadeira explosão de fogos de artifício. Porém, entre assoados, murmurou, com a voz suave e modesta:

— Duzentos centavos!

Um longo calafrio percorreu a sala. Em seguida, os vivas americanos ressoaram até os vidros tremerem.

O major Donellan, acabrunhado, esmagado, achatado, caiu ao lado de Dean Toodrink, tão devastado quanto ele. Por aquele preço da milha quadrada, o valor total chegava à enormidade de 814 mil dólares, e era visível que o crédito britânico não lhe permitiria ultrapassá-lo.

— Duzentos centavos! — repetiu Andrew R. Gilmour.

— Duzentos centavos! — vociferou Flint.

— Dou-lhe uma... Dou-lhe duas! — insistiu o leiloeiro. — Ninguém mais vai dar lance?

O major Donellan, movido por um impulso involuntário, se levantou e olhou para os outros emissários. Estes tinham esperança apenas nele para impedir que a propriedade do polo Norte escapasse das potências europeias. Portanto, invocara seu último esforço. No entanto, o major abriu a boca, fechou, e, encarnada nele, a Inglaterra desabou no banco.

— Arrematado! — gritou Andrew Gilmour, batendo o martelo de marfim no púlpito.

— Viva! Viva! Viva os Estados Unidos! — berravam os ganhadores da vitoriosa América.

Em um instante, a notícia da aquisição se espalhou pelos bairros de Baltimore e, por meio dos telégrafos aéreos, também pela superfície de toda a confederação; e, por fim, através dos telégrafos submarinos, irrompeu no Velho Mundo.

Era a North Polar Practical Association que, por intermédio de seu testa de ferro, William S. Forster, se tornara proprietária do território ártico, contido no 84º paralelo.

No dia seguinte, quando William S. Forster foi assinar o documento de transferência de titularidade, o nome que declarou foi o de Impey Barbicane, representando a companhia em questão sob sua razão social: Barbicane & Cia.

4
EM QUE RESSURGEM VELHOS CONHECIDOS DE NOSSOS JOVENS LEITORES

Barbicane & Cia.! O presidente de um clube de artilheiros! Francamente, o que artilheiros podiam querer em um negócio daqueles? Veremos.

É mesmo necessário apresentar oficialmente Impey Barbicane, o presidente do Gun Club de Baltimore, e o capitão Nicholl, J. T. Maston, Tom Hunter das pernas de pau, o arrojado Bilsby, o coronel Bloomsbery e seus outros colegas? Não! Embora esses personagens bizarros tenham cerca de vinte anos a mais do que na época em que a atenção do mundo todo se voltou para eles, permaneceram iguais, ainda fisicamente incompletos, mas também ainda ruidosos, audaciosos, exaltados quando se trata de mergulhar em uma aventura extraordinária. O tempo não deteriorou essa legião de artilheiros aposentados. Ele os respeitou, como respeita os canhões sem uso que decoram os museus de arsenais antigos.

Enquanto o Gun Club contava com 1.833 membros na fundação — membros no sentido de pessoas, e não de braços e pernas, dos quais a maior parte deles já fora privada —, se 30.575 correspondentes se orgulhavam do vínculo que os conectava a tal clube, tais números não diminuíram em nada. Muito pelo contrário. Na realidade, graças à tentativa inverossímil de estabelecer comunicação direta entre a Terra e a Lua, a fama do clube só fizera crescer em enorme proporção.

Ninguém se esqueceu da experiência memorável e retumbante, que convém resumir em linhas breves.[1]

Alguns anos após a Guerra de Secessão, certos membros do Gun Club, entediados, se propuseram a enviar um projétil à Lua, por meio de um canhão colossal. A arma, de novecentos pés de comprimento e nove pés de largura de cano, foi solenemente forjada em City Moon, na Flórida, e carregada de 400 mil libras de algodão-pólvora. Disparado pelo canhão, um obus cilíndrico-cônico em alumínio voara para o astro noturno sob o impulso de 6 bilhões de litros de gás. Após dar uma volta devido a um desvio de trajetória, ele caiu de volta na Terra, afundando no Pacífico, em 27° 7' de latitude norte e 41° 37' de longitude oeste. Foi nessa região que a Susquehanna, fragata da Marinha federal, o pescara na superfície do oceano, para grande alívio dos ocupantes.

Ocupantes, sim! Dois membros do Gun Club, o presidente Impey Barbicane e o capitão Nicholl, acompanhados de um francês renomado por suas audácias temerárias, tinham viajado no vagão-projétil. Os três voltaram de viagem, sãos e salvos. Porém, enquanto os dois americanos ainda estavam ali, prontos para se arriscar em uma nova aventura, o francês, Michel Ardan, não estava mais presente. Após voltar à Europa, ao que parecia fizera fortuna — o que não deixou de surpreender muita gente —, e, no momento, plantava repolho, comia e digeria, até, se pudermos acreditar nos repórteres mais informados.

Depois desse estrondo, Impey Barbicane e Nicholl tinham vivido à base da fama, em relativo repouso. Sempre impacien-

---

1. O episódio é narrado na obra *Da Terra à Lua*, de Jules Verne (1865). [N. E.]

tes por grandeza, eles sonhavam com outra empreitada semelhante. Dinheiro não faltava. Havia sobrado, do último negócio — cerca de 200 mil dólares dos 5,5 milhões fornecidos pela arrecadação pública aberta mundo afora. Além disso, apenas por se exibir pelos Estados Unidos no projétil de alumínio, como fenômenos enjaulados, eles também juntaram uma boa receita, acolhendo toda a glória que comporta a mais exigente ambição humana.

Impey Barbicane e o capitão Nicholl poderiam, então, ter vivido tranquilos, se o tédio não os tivesse carcomido. Sem dúvida foi para sair desse ócio que eles acabaram comprando o lote da região ártica.

Não esqueçamos que, se a aquisição foi possível ao preço de mais de 800 mil dólares, isso se deve à sra. Evangelina Scorbitt, que investiu o aporte que lhes faltava. Graças à generosidade dessa mulher, a América venceu a Europa.

Eis ao que se devia tamanha generosidade.

Desde sua volta, se o presidente Barbicane e o capitão Nicholl desfrutavam de uma fama incomparável, boa parte da responsabilidade era de certo homem. Dá para adivinhar: trata-se de J. T. Maston, o secretário ebuliente do Gun Club. Era a esse matemático habilidoso que deviam as fórmulas que permitiram a tentativa do experimento citado. Ele não tinha acompanhado os dois colegas na viagem extraterrestre, mas não fora por medo, nada disso! Acontece que o digno artilheiro não tinha o braço direito e usava um crânio de borracha, devido a um desses acidentes muito comuns à guerra. Ao exibi-lo aos selenitas, sinceramente, dariam a eles uma ideia deplorável da população da Terra, da qual a Lua, afinal, é mero satélite.

Para sua imensa decepção, J. T. Maston fora obrigado a resignar-se a não partir. Entretanto, não se manteve ocioso.

Após tratar da construção de um telescópio imenso, erigido no cume de Longs Peak, um dos picos mais altos da cordilheira das Montanhas Rochosas, ele viajou para lá. Quando o projétil foi identificado, descrevendo sua majestosa trajetória celeste, ele não deixou mais o posto. Ali, diante do gigantesco instrumento, ele se dedicara à tarefa de acompanhar os amigos, cujo veículo aéreo percorria o espaço.

A sra. Evangelina Scorbitt.

Era de se acreditar que esses viajantes intrépidos estavam perdidos para sempre. Afinal, não chegaram a temer que o projétil, mantido em nova órbita pela atração lunar, estivesse fadado a gravitar para sempre ao redor do astro noturno como um subsatélite? Mas não! Um desvio, que podemos tratar de providencial, modificou a direção do projétil e, após dar a volta na Lua em vez de atingi-la, carregado em uma queda cada vez mais acelerada, ele voltou ao nosso esferoide com uma velocidade equivalente a 278.095 quilômetros por hora ao afundar no abismo oceânico.

J. T. Maston.

Felizmente, as massas líquidas do Pacífico amorteceram a queda, testemunhada pela fragata americana Susquehanna. A notícia foi imediatamente transmitida a J. T. Maston. O secretário do Gun Club voltou com a maior pressa do observatório de Longs Peak, a fim de administrar o resgate. Sondagens foram feitas na região do naufrágio do projétil, e o dedicado J. T. Maston nem hesitou em vestir o equipamento de escafandrista para procurar seus amigos.

Na realidade, tal esforço nem foi necessário. O projétil de alumínio, por deslocar uma quantidade de água superior ao próprio peso, subiu de volta à superfície do Pacífico após o mergulho espetacular. Foi nessas condições que o presidente Barbicane, o capitão Nicholl e Michel Ardan foram encontrados na superfície do oceano: jogando dominó na jaula flutuante.

Voltando a J. T. Maston, devemos dizer que seu papel nessas aventuras extraordinárias o colocara em muito destaque.

Admitimos que J. T. Maston não era bonito, com o crânio postiço e o antebraço direito terminado em um gancho de ferro. Também não era jovem, com 58 anos completos na época do início desse relato. Porém, a originalidade de seu caráter, a vivacidade de sua inteligência, o fogo que acendia seu olhar, o ardor que ele dedicava a tudo o tornaram o homem ideal aos olhos da sra. Evangelina Scorbitt. Afinal, o cérebro de Maston, protegido com todo o cuidado pela calota de borracha, estava intacto, e ele ainda era considerado, sem equívocos, um dos engenheiros calculistas mais notáveis de sua época.

Ora, a sra. Evangelina Scorbitt — embora o menor dos cálculos já lhe causasse enxaqueca — tinha interesse por matemáticos, mesmo que não pela matemática. Ela os considerava seres de uma espécie única e superior. Imagine só! Cabeças onde os x chacoalham como um saco de nozes, cérebros que brincam com sinais algébricos, mãos que fazem malabarismo de integrais triplas, como um equilibrista faria como copos e garrafas, e inteligências que entendem alguma coisa de fórmulas assim:

$\iiint(xyz)\,dx\,dy\,dz$

Pois é! Tais sábios lhe pareciam dignos de toda a admiração, feitos para que uma mulher sentisse atração diretamente proporcional à massa e inversamente proporcional ao quadrado das distâncias. J. T. Maston era da exata corpulência necessária para exercer nela uma atração irresistível e, quanto à distância, seria absolutamente nula, se possível para ambos.

Isso, confessemos, gerava certa inquietação no secretário do Gun Club, que jamais procurara a felicidade em uniões tão próximas. Além do mais, a sra. Evangelina Scorbitt não se encontrava mais na flor da juventude — nem mesmo no galho —, com 45 anos, o cabelo colado nas têmporas lembrando um tecido tingido e retingido, a boca atravancada de dentes compridos demais, sem faltar nenhum, a silhueta sem perfil e os passos sem graça. Em suma, era a aparência de uma solteirona, embora ela tivesse sido casada — por apenas alguns anos. Por outro lado, era uma pessoa excelente, que não desejaria mais nada em prazeres terrenos se pudesse ser anunciada nos salões de Baltimore como sra. J. T. Maston.

A fortuna da viúva era considerável. Não que fosse abastada como os Gould, os Mackay, os Vanderbilt, os Gordon Bennett, cuja fortuna ultrapassa o bilhão e que poderiam dar esmola a um Rothschild! Não que tivesse 300 milhões, como a sra. Moses Carper, 200 milhões, como a sra. Stewart, 80 milhões, como a sra. Crocker — três viúvas, por sinal! —, nem que fosse rica como a sra. Hammersley, a sra. Helly Green, a sra. Maffitt, a sra. Marshall, a sra. Para Stevens, a sra. Mintury e tantas outras! Entretanto, ela poderia participar cinco vezes daquela festa memorável do Fifth Avenue Hotel em Nova York, onde só entravam convivas milionários. Na realidade, a sra. Evangelina Scorbitt dispunha de quatro bons milhões de dólares, herdados de John P. Scorbitt, enriquecido pelo duplo comércio de artigos de moda e porco salgado. Então! A viúva generosa estava feliz de usar essa fortuna em favor de J. T. Maston, a quem forneceria um tesouro de ternura ainda mais inesgotável.

Enquanto aguardava a oportunidade, por pedido de J. T. Maston, a sra. Evangelina Scorbitt consentira com prazer em investir algumas centenas de milhares de dólares no negócio da North Polar Practical Association, sem sequer saber do que se tratava. É verdade que, com J. T. Maston, ela tinha certeza de que a obra seria grandiosa, sublime, sobre-humana. O passado do secretário do Gun Club revelava seu futuro.

Avaliemos se, após a adjudicação, quando a transferência de titularidade lhe revelou que o conselho de administração da nova sociedade seria presidido pelo presidente do Gun Club, sob a razão social de Barbicane & Cia., ela deve ter sentido toda a confiança. Visto que J. T. Maston fazia parte daquela "& Cia.", ela não deveria aplaudir por ser a maior acionista?

Assim, a sra. Evangelina Scorbitt se viu proprietária — em maior parte — daquela porção das regiões boreais circunscritas pelo 84º paralelo. Nada melhor! Mas o que ela faria? Ou, melhor, como a associação pretendia aproveitar-se daquele terreno inacessível?

Ainda era essa a questão e, se, do ponto de vista do interesse pecuniário, era seriamente relevante para a sra. Evangelina Scorbitt, interessava também o mundo todo do ponto de vista da curiosidade geral.

Essa mulher excelente tentara — com toda a discrição, inclusive — sondar J. T. Maston em relação ao tema antes de dispor os recursos para os promotores do negócio. Porém, J. T. Maston invariavelmente mantinha sua reserva. A sra. Evangelina Scorbitt logo saberia o que se passava com ele, mas não antes da hora de abalar o universo ao revelar o objetivo da nova associação!

Sem dúvida, tratava-se de uma resolução que, como disse Rousseau, "jamais houve exemplo e que não terá imitador", uma obra destinada a fazer comer poeira a tentativa dos membros do Gun Club de se comunicar com o satélite terrestre.

Ela insistia, e J. T. Maston, apoiando o gancho na boca entreaberta, limitava-se a dizer:

— Cara sra. Scorbitt, confie em mim!

E, embora a sra. Evangelina Scorbitt já confiasse de antemão, que alegria imensa não sentiu depois, quando o secretário ebuliente lhe atribuiu o triunfo dos Estados Unidos e a derrota da Europa setentrional.

— E agora, eu finalmente posso saber? — pediu ela, sorrindo ao matemático eminente.

— Logo saberá! — respondeu J. T. Maston, apertando vigorosamente a mão da sócia e balançando-a ao estilo americano.

Esse gesto teve o efeito imediato de acalmar as impaciências da sra. Evangelina Scorbitt.

Alguns dias depois, o Antigo e o Novo Mundo foram agitados na mesma medida — isso sem falar do tranco que lhes aguardava no futuro — ao serem informados do projeto absurdo para o qual a North Polar Practical Association iniciaria uma arrecadação pública.

A verdade era que a associação adquirira aquela porção da região circumpolar, com o fim de explorar... a mineração do polo boreal!

5
E, DE INÍCIO, PODEMOS ADMITIR QUE HÁ MINAS PERTO DO POLO NORTE

Foi a primeira pergunta que ocorreu às pessoas dotadas da mínima lógica.

— Por que haveria carvão mineral nos arredores do polo? — perguntaram alguns.

— Por que não haveria? — responderam outros.

Sabemos que as camadas de carvão se espalham por diversas áreas da superfície do globo. São abundantes em muitas regiões da Europa. Quanto às duas Américas, elas possuem reservas consideráveis, e talvez os Estados Unidos sejam o país mais rico nesse aspecto. Também não falta carvão na África, na Ásia nem na Oceania.

Conforme o reconhecimento dos territórios do globo avança, descobrimos jazidas em todos os estágios geológicos, o antracito nos terrenos mais antigos, a hulha nos terrenos carboníferos superiores, a turfa nos terrenos secundários, o linhito nos terrenos terciários. O combustível mineral não fará falta tão cedo, e por séculos, ainda.

Entretanto, a extração do carvão, do qual a própria Inglaterra produz 160 milhões de toneladas, é de 400 milhões de toneladas por ano no mundo. Ora, parece que esse consumo só deve crescer com as necessidades da indústria, que aumentam a todo momento. Se o vapor for substituído por eletricidade como força motriz, a produção dessa força ainda exigirá um gasto equivalente de carvão. É de carvão que vive o estômago da indústria; ela não come mais nada. A indústria é um animal "carbonívoro", e é preciso alimentá-la.

O major Donellan e seu secretário Dean Toodrink.

Ademais, o carvão não é apenas um combustível, é também a substância telúrica da qual a ciência de hoje tira a maior parte dos produtos e subprodutos para usos dos mais diversos. Com as transformações que sofre nos cadinhos dos laboratórios, é possível tingir, adoçar, aromatizar, vaporizar, purificar, aquecer, iluminar, ornamentar com diamante. É tão útil quanto o ferro; quiçá mais.

Por sorte, quanto a este último metal, não há medo de esgotá-lo nunca, pois é o que compõe o globo terrestre.

Na realidade, a Terra deve ser considerada uma massa de ferro mais ou menos carburada em estado de fluidez ígnea, coberta de silicatos líquidos, uma espécie de escória que se separa das rochas sólidas e da água. Os outros metais, assim como a água e a pedra, só participam em proporção muitíssimo reduzida da composição de nosso esferoide.

Porém, enquanto o consumo do ferro está garantido até o fim dos tempos, não é esse o caso da hulha. Nem de longe. As pessoas atentas, preocupadas com o futuro, mesmo prevendo diversos séculos de adiantamento, devem, portanto, investigar a exploração das minas onde quer que a natureza precavida tenha formado hulha nas eras geológicas.

— Perfeito! — respondiam os oponentes.

E, nos Estados Unidos, e no resto do mundo, há pessoas que, por inveja ou ódio, amam desdenhar, sem contar com aqueles que contradizem pelo puro prazer da contradição.

— Perfeito! — diziam esses oponentes. — Mas por que haveria carvão no polo Norte?

— Por quê? — respondiam os partidários do presidente Barbicane. — Porque é bem provável que, na época das formações geológicas, o volume do Sol era tamanho, de acordo com a teoria de Blandet, que a diferença de temperatura do Equador e dos polos era insignificante. Na época, florestas imensas cobriam as regiões setentrionais do globo, muito antes do surgimento do ser humano, quando nosso planeta estava submetido à ação permanente do calor e da umidade.

Era esse o fato que os jornais, as revistas, em respeito à associação, estabelecia em mil artigos variados, tanto em forma vulgar, quanto em forma científica. Ora, tais florestas, engolidas na época das enormes convulsões que sacudiam o globo antes de ele se assentar definitivamente, sem dúvida deveriam ter se transformado em jazidas de carvão, pela ação do tempo, da água e do calor interno. Portanto, era ao todo plausível aquela hipótese, segundo a qual a região polar seria rica em veios de hulha, prontos para se abrir sob a picareta do mineiro.

Além disso, havia fatos — fatos inegáveis. Nem os pensadores mais positivistas, que não aceitam se basear em simples probabilidades, poderiam duvidar, e os fatos eram suficientes para autorizar a pesquisa de diferentes variedades de carvão na superfície das regiões boreais.

Era precisamente esse o assunto da conversa do major Donellan e do secretário, alguns dias depois, no canto mais sombrio da taberna Two Friends.

— Ei! — começou Dean Toodrink. — Será que esse tal de Barbicane tem razão?

— É provável — respondeu o major Donellan. — Diria até mesmo que é certo.

— Mas haveria, então, fortunas a ganhar na exploração das regiões polares!

— Com certeza! — respondeu o major. — Se a América do Norte tem jazidas vastas de combustível mineral, e novas são encontradas a todo momento, não dá para duvidar que restam ainda fontes muito importantes a descobrir, sr. Toodrink. Ora, as terras árticas parecem ser um anexo a esse continente americano. Em identidade de formação e aspecto. Mais especificamente, a Groenlândia é um prolongamento do Novo Mundo, e é certo que a Groenlândia se prende à América...

— Como uma cabeça de cavalo, cuja forma lembra, que dá continuidade ao corpo do animal — observou o secretário do major Donellan.

— Acrescento que, durante a exploração do território groenlandês, o professor Nordenskiöld reconheceu formações sedimentares constituídas por grés e xisto intercalados por linhita, que contêm uma quantidade considerável de plantas fossilizadas. Apenas no distrito de Disko, o dinamarquês Steenstrup encontrou 71 jazidas, onde abundam os fósseis vegetais, vestígios indiscutíveis daquela poderosa vegetação que, antigamente, se acumulava em densidade extraordinária ao redor do eixo polar.

— Mais alto? — perguntou Dean Toodrink.

— Mais alto, ou mais longe, ao norte — respondeu o major —, a presença do carvão é materialmente afirmada, e parece que basta se abaixar para recolhê-lo. Portanto, se o carvão é tão difundido na superfície dessa região, não podemos concluir, com quase certeza, que suas jazidas descem até as profundezas da crosta terrestre?

O major Donellan estava certo. Como conhecia a fundo a questão das formações geológicas no polo boreal, era o inglês mais irritável naquela circunstância. Talvez ainda falasse até se fartar do assunto, se não percebesse que os clientes da taberna tentavam escutá-lo. Assim, Dean Toodrink e ele consideraram mais prudente se conter, concluindo com esta última observação de Toodrink:

— Major Donellan, o senhor não se surpreende com uma coisa?

— Que coisa?

— É que, nessa questão em que esperaríamos ver o envolvimento de engenheiros, ou, no mínimo, de navegadores, visto que se trata do polo e das minas, quem dirige tudo são artilheiros!

— Verdade — respondeu o major —, e é bem-feita a surpresa!

Enquanto isso, todo dia, os jornais resgatavam aquele tema das jazidas.

"Jazidas? Quais?", questionou a *Pall Mall Gazette*, em artigos furibundos, inspirados pelo comércio inglês, que imprecava contra os argumentos da North Polar Practical Association.

"Quais?", responderam os redatores do *Daily News* de Charleston, partidários determinados do presidente Barbicane. "Ora, para começo de conversa, aquelas encontradas pelo capitão Nares em 1875-76, no limite do 82º grau de latitude, assim como estratos que indicam a existência de flora miocena, rica em choupos, faias, folhados, nogueiras e coníferas."

"E, em 1881-1884", acrescentou o cronista científico do *New York Witness*, "durante a expedição do tenente Greely na baía de Lady Franklin, uma camada de carvão não foi descoberta por um de nossos conterrâneos, perto do forte Conger, no rio Watercourse? E o dr. Pavy não conseguiu argumentar, com razão, que essas regiões não são, de modo algum, desprovidas de depósitos carboníferos, talvez destinados, pela natureza precavida, a um dia combater o frio daquelas regiões desoladas?"

Entendemos que, quando fatos tão convincentes eram citados e atribuídos à autoridade dos intrépidos exploradores americanos, os adversários do presidente Barbicane não sabiam o que responder. Assim, os defensores do "por que haveria jazidas?" começaram a abaixar a bandeira diante dos defensores do "por que não haveria?". Sim! Havia, sim — e talvez até fossem consideráveis. A terra circumpolar transbordaria de massas do combustível precioso, escondido com toda a precisão nas entranhas das regiões onde a vegetação outrora fora tão verdejante.

Porém, enquanto perdiam terreno na questão da hulha, cuja existência nas terras árticas não era mais duvidosa, os detratores tentavam revanche por outro aspecto.

— Certo! — disse o major Donellan, um dia, durante uma discussão que provocou na sala do próprio Gun Club, durante a qual interpelou o presidente Barbicane, de homem para homem. — Certo! Admito, até mesmo afirmo. Há jazidas de carvão no território adquirido por sua sociedade. Mas quero ver explorá-las!

— Exploraremos, sim — respondeu Impey Barbicane, sem se exaltar.

— Quero ver ultrapassar o 84º paralelo, que nenhum explorador atravessou até hoje!

— Ultrapassaremos, sim!

— Quero ver chegar ao polo!

— Chegaremos, sim!

Ao escutar o presidente do Gun Club responder com tamanho sangue-frio, com tamanha firmeza, ao ver a opinião declarada com tamanha altivez, com tamanha certeza, até os mais obstinados hesitaram. Eles se sentiam na presença de um homem que não perdera nenhuma das qualidades de antes, ainda calmo, frio, eminentemente sério e concentrado, preciso como um relógio, aventureiro, mas abordando com praticidade até as empreitadas mais temerárias.

Se o major Donellan sentiu uma vontade furiosa de estrangular o adversário, acreditamos naqueles que se aproximaram do estimado, porém tempestuoso, *gentleman*. Ora! Era firme, o presidente Barbicane, moral e fisicamente, "com o calado fundo", pegando emprestada a metáfora de Napoleão. Por consequência, seria capaz de aguentar ventos e marés. Seus inimigos, rivais e invejosos sabiam muito bem!

Entretanto, como é impossível impedir que os piadistas de mau-gosto espalhassem gracejos, foi essa a forma que tomou a irritação contra a nova empresa. Atribuíram ao presidente do Gun Club os projetos mais ridículos. A caricatura se dispersou, em especial na Europa, ainda mais no Reino Unido, que não conseguia digerir o próprio fracasso naquela batalha em que os dólares tinham vencido as libras esterlinas.

Ah, o ianque tinha afirmado que chegaria ao polo boreal! Ah, ele pisaria onde nenhum ser humano tinha pisado! Ah, fincaria a bandeira dos Estados Unidos no único ponto do globo terrestre que permanece sempre imóvel, quando os outros são transportados pelo movimento diurno!

E estava dada a largada dos caricaturistas.

Nas vitrines das principais livrarias e bancas das cidades grandes da Europa, assim como nas capitais da Confederação — esse país livre por excelência —, apareceram esboços e desenhos mostrando o presidente Barbicane em busca dos métodos mais extravagantes para alcançar o polo.

Em um, o audacioso americano, auxiliado por todos os membros do Gun Club, de picareta na mão, cavava um túnel submarino através da massa de gelo imersa das primeiras geleiras até o 90º grau de latitude setentrional, a fim de desembocar na ponta do eixo.

Em outro, Impey Barbicane, acompanhado de J. T. Maston — muito parecido — e do capitão Nicholl, descia de balão naquela área tão desejada e, após uma experiência apavorante, desbravando mil perigos, os três conquistavam um pedaço de carvão... de meia libra, uns duzentos gramas. Era só o que continham as tão famosas minas das regiões circumpolares.

Em um exemplar do jornal inglês *Punch*, também ilustraram J. T. Maston, igualmente visado pelos chargistas. Após ser atraído pela força magnética do polo, o secretário do Gun Club acabava irresistivelmente fixado ao chão pelo gancho de metal.

Mencionemos aí que o célebre matemático tinha o temperamento vigoroso demais para levar na brincadeira tal piada que atacava sua forma física. Ele ficou ofendidíssimo, e a sra.

Evangelina Scorbitt, é fácil imaginar, não foi a última a compartilhar de sua justa indignação.

Outro desenho, na *Lanterne magique* de Bruxelas, representava Impey Barbicane e os membros do conselho administrativo da associação trabalhando em meio a chamas, como salamandras incombustíveis. Para derreter o gelo do oceano paleocrístico, tiveram a ideia de espalhar na superfície um mar de álcool e então atear fogo — convertendo a bacia polar em uma tigela imensa de ponche. O desenhista belga ainda tinha levado a irreverência ao limite de representar o presidente do Gun Club como um ridículo polichinelo — brincando com a palavra *punch*, que teria o sentido tanto do personagem cômico, quanto da bebida.

Porém, entre todas as caricaturas, a que obteve maior sucesso foi publicada pelo jornal francês *Charivari*, assinada pelo chargista Stop. Em um estômago de baleia, confortavelmente mobiliado e acolchoado, Impey Barbicane e J. T. Maston jogavam xadrez à mesa, aguardando a chegada ao destino. Novos Jonas, o presidente e o secretário nem hesitaram em ser engolidos por um enorme mamífero marinho, na intenção de atingir o polo inacessível do globo por aquele novo meio de transporte, passando sob as geleiras.

No fundo, o fleumático diretor da nova associação não dava muita importância aos excessos de pena e lápis. Que falassem, cantassem, parodiassem, caricaturassem. Ele não deixava de se dedicar ao serviço.

Logo após a decisão tomada pelo conselho, a associação, detentora definitiva do direito de explorar o domínio polar cuja concessão lhe fora atribuída pelo governo federal, iniciara uma campanha pública de arrecadação, com a meta de 15 milhões de dólares. As ações, emitidas a cem dólares, deveriam ser liberadas em um depósito único. O crédito de Barbicane & Cia. era tamanho que os investidores se proliferaram. Porém, devemos dizer que pertenciam quase totalmente aos 38 estados da Confederação.

Entre todas as caricaturas, a que obteve maior sucesso...

— Melhor assim! — gritaram os partidários da North Polar Practical Association. — A obra será apenas americana!

Em suma, a "superfície" que apresentava Barbicane & Cia. era tão bem estabelecida, os especuladores acreditavam com tanta tenacidade na realização das promessas industriais, admitiam tão imperturbavelmente a existência do carvão no polo e a possibilidade de explorá-lo, que o capital da nova associação triplicou.

Assim, as ações tiveram de ser reduzidas em dois terços e, na data do 16 de dezembro, o capital social foi constituído de vez, com um caixa de 15 milhões de dólares.

Era cerca de três vezes o valor investido no Gun Club na ocasião do grande experimento do projétil enviado da Terra à Lua.

6
EM QUE UMA CONVERSA TELEFÔNICA ENTRE A SRA. SCORBITT E J. T. MASTON É INTERROMPIDA

Não apenas o presidente Barbicane afirmara que atingiria seu objetivo — e, por fim, o capital de que dispunha o permitiria chegar sem qualquer obstáculo —, como sem dúvida alguma não teria a ousadia de solicitar tais recursos se não tivesse certeza do sucesso.

O polo Norte enfim seria conquistado pelo espírito intrépido da humanidade!

Ficou garantido: o presidente Barbicane e seu conselho administrativo tinham os meios para o sucesso naquilo que fora o fracasso de tantos outros. Eles fariam o que nenhum Franklin, Kane, De Long, Nares ou Greely fizera. Ultrapassariam o 84º paralelo, se apossariam da vasta porção do globo adquirida pelo lance arrematador e acrescentariam à bandeira americana a 39ª estrela do 39º estado anexado à confederação.

— Farsantes! — Não paravam de insistir os emissários europeus e seus defensores no Velho Mundo.

Porém, era pura verdade, e fora J. T. Maston que lhes sugerira o método prático, lógico e indiscutível de conquistar o polo Norte — um método tão simples que chegava a ser quase infantil. Partira daquele cérebro, em que as ideias cozinhavam na massa cerebral em ebulição perpétua, o projeto daquela grande obra geográfica e o modo de concluí-lo a contento.

É impossível exagerar: o secretário do Gun Club era notável nos cálculos — diríamos que era "emérito", se não houvesse ambiguidade no sentido da palavra. Para ele, era brincadeira resolver os problemas mais complicados das ciências matemáticas. Ele ria das dificuldades, tanto na ciência das grandezas, a álgebra, quanto na ciência dos números, a aritmética. Era uma beleza vê-lo mexer com os símbolos, os sinais convencionais que formam a notação algébrica, seja as letras do alfabeto que apresentam as quantidades ou valores, seja as linhas cruzadas ou unidas que indicam a relação que podemos estabelecer entre tais quantidades e as operações a que as submetemos.

Ah! Os coeficientes, os expoentes, os radicais, os índices e outras disposições adotadas nessa língua! Que acrobacias faziam esses sinais sob sua pena, ou melhor, sob o pedaço de giz que se remexia na ponta do gancho, pois ele preferia trabalhar na lousa! E ali, naquela superfície de dez metros quadrados — menos do que isso não bastava a J. T. Maston —, ele se entregava ao ardor de seu temperamento algébrico. Não eram números minúsculos que ele usava nos cálculos, não! Eram números fantásticos, gigantescos, desenhados a traços impetuosos. Seus 2 e seus 3 se arredondavam como bichinhos de dobradura enfileirados; seus 7 lembravam cadafalsos, e faltava só o enforcado; seus 8 se curvavam como pares de óculos redondos; seus 6 e seus 9 eram rubricados com caudas intermináveis!

E as letras com que montava as fórmulas: as primeiras do alfabeto, *a*, *b*, *c*, que serviam para representar quantidades conhecidas ou dadas, e as últimas, *x*, *y*, *z*, que ele usava para as quantidades desconhecidas ou a determinar — como eram acentuadas em traços cheios, sem finura, ainda mais os *z*, contorcidos em zigue-zagues fulgurantes! E que distinção nas letras gregas, nos π, nos λ, nos ω etc. Algo de dar orgulho a Arquimedes ou Euclides!

Já os símbolos, riscados em giz puro e sem manchas, eram uma maravilha. Seu + mostrava com clareza a marcação da soma de duas quantidades. Seu –, mais humilde, ainda assim era elegante. Seu × se destacava como sautor. Quanto ao =, os dois traços, rigorosamente idênticos, indicavam, de fato, que J. T. Maston vinha de um país onde a igualdade não era mera fórmula, pelo menos entre as pessoas brancas. Era a mesma execução grandiosa para o <, o >, o ≷ desenhado em proporções extraordinárias. O √, que indica a raiz de um número ou quantidade, era triunfal; quando o completava com a barra horizontal,

parecia que o braço indicador, ultrapassando o limite da lousa, ameaçava submeter o mundo inteiro a suas equações furibundas!

E não imaginem que a inteligência matemática de J. T. Maston se limitava ao horizonte da álgebra elementar! Nada disso! Nem o cálculo diferencial, nem o integral, nem o de variações lhe eram estranhos, e era com a mão firme que traçava o famoso símbolo integral, aquela letra de simplicidade aterradora,

soma de uma infinidade de elementos infinitamente pequenos!

O mesmo valia para o símbolo Σ, que representa a soma de uma quantidade finita de elementos finitos, para o ∞, pelo qual os matemáticos designam o infinito, e para todos os símbolos misteriosos utilizados nessa língua incompreensível para os reles mortais.

Em suma, esse homem impressionante seria capaz de se elevar ao mais alto escalão da matemática.

Era assim, J. T. Maston! Era por isso que seus colegas confiavam plenamente quando ele se encarregava de solucionar os cálculos mais abracadabrantes propostos por seus cérebros audaciosos! Era por isso que o Gun Club levara a ele o problema de lançar um projétil da Terra à Lua! Enfim, era por isso que a sra. Evangelina Scorbitt, inebriada por sua glória, nutria por ele uma admiração que margeava o amor.

De resto, no caso considerado — ou seja, a solução do problema da conquista do polo boreal —, J. T. Maston nem precisaria mergulhar nas regiões mais sublimes da análise. Para possibilitar a exploração do território ártico por seus novos concessionários, o secretário do Gun Club enfrentava apenas um problema de mecânica — complicado, sem dúvida, e que exigiria fórmulas engenhosas, talvez até novas, mas do qual ele se sairia bem.

Pois sim! J. T. Maston era confiável, mesmo que o menor erro nesse caso fosse levar à perda de milhões. Nunca, desde que sua cabeça infantil se exercitara nas primeiras noções da aritmética, ele cometera um erro sequer — nem de um milésimo de mícron, se seus cálculos tivessem por objeto a medida de comprimento. Se ele se equivocasse em um vigésimo que fosse, estouraria sem delongas seu crânio de borracha!

Era importante insistir nessa aptidão notável de J. T. Maston. Está dito. Agora, é preciso mostrá-la em ação, e para tal é indispensável voltar algumas semanas.

Foi cerca de um mês antes da publicação do documento endereçado ao mundo inteiro, quando J. T. Maston se encarregou de calcular os elementos do projeto cujas consequências maravilhosas sugerira aos colegas.

Fazia já muitos anos que J. T. Maston morava na Franklin Street, 179, uma das vias mais tranquilas de Baltimore, longe do centro dos negócios, que ele nem escutava, e do ruído da multidão que o repugnava.

Ali, ele ocupava uma habitação modesta, conhecida pelo nome de Ballistic Cottage, pois todo seu capital resumia-se à aposentadoria de artilheiro e ao ordenado que recebia como secretário do Gun Club. Ele morava sozinho, servido pelo criado negro Fire-Fire — Fogo-Fogo! —, apelido digno de um mordomo de artilheiro. Ele não era um servo, mas um soldado, que servia ao senhor como serviria à sua unidade.

J. T. Maston era um solteiro convicto, acreditando ser o celibato a única situação ainda aceitável no mundo sublunar. Ele conhecia o provérbio eslavo "Um único fio de cabelo de uma mulher tem mais força que quatro bois no arado!", daí desconfiava.

Ocupava sozinho Ballistic Cottage, mas era porque assim desejava. Sabemos que bastaria um gesto para ele transformar sua solidão em uma solidão a dois e a mediocridade de seu capital na riqueza de um milionário. Não havia dúvida: a sra. Evangelina Scorbitt aceitaria com prazer. Porém, pelo menos até ali, J. T. Maston, não... E parecia certo que esses dois seres, feitos um para o outro — pelo menos de acordo com a opinião da viúva sensível —, nunca seriam capazes de tal transformação.

O presidente do Gun Club.

A casa era muito simples. Um térreo com varanda e um andar superior. Sala de estar e sala de jantar, as duas pequenas, no térreo, assim como a cozinha e a copa, contidas em uma construção anexa ao redor do jardinzinho. No outro andar, o quarto com vista para a rua, e o escritório com vista para o jardim, onde não chegava o menor tumulto de fora. *Buen retiro* do sábio e erudito, onde se resolveram tantos cálculos que dariam inveja a Newton, Laplace e Cauchy.

Que diferença para o paço da sra. Evangelina Scorbitt, erigido no bairro rico de New Park, com sacadas na fachada revestida de extravagâncias esculturais da arquitetura anglo-saxã, misturando o gótico e o renascentista, salões de ricas mobílias, saguão grandioso, galerias de quadros, entre os quais se destacavam os dos mestres franceses, escadaria de dois lances, criadagem numerosa, estábulos, pousos, jardim gramado, árvores altas, chafarizes jorrando e torre que encimava o conjunto todo, no topo do qual a brisa agitava o pavilhão azul e dourado da família Scorbitt!

No canto direito da lousa, escreveu o número...

Três milhas, sim! Três longas milhas separavam o paço de New Park de Ballistic Cottage. Porém, um cabo telegráfico especial conectava as duas moradas, e a conversa se estabelecia a partir do "Alô! Alô!" que solicitava a comunicação entre a casa e o paço. Embora os conversadores não se vissem, se escutavam. Não há de surpreender ninguém que a sra. Evangelina Scorbitt chamava J. T. Maston mais frequentemente por sua placa vibratória do que J. T. Maston chamava a sra. Evangelina Scorbitt pela própria. O matemático abandonava o trabalho, com certo desgosto, recebia um cumprimento amigável, respondia com um resmungo cuja entonação pouco galante, acredita-se, era suavizada pela corrente elétrica, e voltava a seus problemas.

Foi no dia 3 de outubro, após uma última e longa conferência, que J. T. Maston se despediu dos amigos para se dedicar à tarefa. Ele estava encarregado de um trabalho da maior importância, pois tratava de calcular os processos mecânicos que permitiriam o acesso ao polo boreal e a exploração do carvão escondido sob o gelo.

Maston estimara que necessitaria de aproximadamente oito dias para cumprir tal tarefa misteriosa, de fato complicada e delicada, que exigia a solução de equações diversas, envolvendo mecânica, geometria analítica tridimensional, geometria polar e trigonometria.

Para fugir de qualquer transtorno, foi combinado que o secretário do Gun Club, enfurnado em casa, não seria visitado nem incomodado por ninguém. Seria uma imensa tristeza para a sra. Evangelina Scorbitt, mas ela precisou se resignar. Assim, ela foi fazer uma última visita a J. T. Maston à tarde, junto com o presidente Barbicane, o capitão Nicholl, o arrojado Bilsby, o coronel Bloomsberry e Tom Hunter das pernas de pau.

— Terá sucesso, caro Maston! — disse ela, no momento da despedida.

— E não cometa erro algum! — acrescentou, sorrindo, o presidente Barbicane.

— Erro? Logo ele? — exclamou a sra. Evangeline Scorbitt.

— Não cometerei erros, assim como Deus não os cometeu ao combinar as leis da mecânica celeste! — respondeu, modesto, o secretário do Gun Club.

Então, após apertos de mãos de uns, suspiros de outra, desejos de sucesso e recomendações de não se exaurir com excesso de trabalho, todos se despediram do engenheiro. A porta de Ballistic Cottage foi fechada, e Fire-Fire recebeu ordens de não abri-la para ninguém — nem que fosse o presidente dos Estados Unidos da América.

Durante os dois primeiros dias de reclusão, J. T. Maston refletiu sobre o problema, sem pegar no giz. Ele releu algumas obras relativas aos elementos, à Terra, à sua massa, sua densidade, seu volume, sua forma, seus movimentos de rotação no eixo e translação na órbita — elementos que deveriam servir de base para os cálculos.

Eis os dados principais, que convém repetir ao leitor:

Forma da Terra: um elipsoide de revolução, cujo raio maior é de 6.377.398 metros, e o menor, de 6.356.080 metros. Isso constitui, devido ao achatamento do esferoide nos polos, uma diferença de 21.318 metros entre os raios.

Circunferência da Terra no Equador: 40 mil quilômetros.

Superfície da Terra, em valor aproximado: 510 milhões de quilômetros quadrados.

Volume da Terra: aproximadamente mil bilhões de quilômetros cúbicos, isto é, cubos de mil metros de comprimento, largura e altura.

Densidade da Terra: cerca de cinco vezes a densidade de água, ou seja, um pouco superior à densidade do sulfato de bário e quase igual à do iodo — isto é, 5.480 quilos por peso médio de um metro cúbico da Terra, supostamente pesada por pedaços sucessivamente trazidos à superfície. É o valor que Cavendish deduziu por meio da balança inventada e construída por Mitchell, ou, mais rigorosamente, 5.670 quilos, segundo as retificações de Baily. Desde então, as medições foram repetidas por Wilsing, Cornu, Baille etc.

Duração de translação da Terra ao redor do Sol: 365 dias e um quarto, constituindo o ano solar, ou, para sermos mais precisos,

365 dias, 6 horas, 9 minutos, 10 segundos e 37 centésimos — o que dá a nosso esferoide uma velocidade de 30.400 metros por segundo.

Caminho percorrido na rotação da Terra no eixo pelos pontos da superfície situados no Equador: 463 metros por segundo.

Eis, agora, as unidades de comprimento, força, tempo e ângulo que J. T. Maston utilizou para seus cálculos: metro, quilograma, segundo e o ângulo no centro que intercepta, em um círculo qualquer, um arco igual ao raio.

Foi no dia 5 de outubro, por volta das cinco da tarde — é importante precisar, quando se trata de obra tão memorável —, que J. T. Maston, após amadurecer a reflexão, pôs-se a trabalhar por escrito. De início, atacou o problema pela base, isto é, o número representando a circunferência da Terra em um de seus círculos maiores, o Equador.

A lousa estava ali, no canto do escritório, montada no cavalete de carvalho encerado e bem iluminada por uma das janelas abertas para o jardim. Bastõezinhos de giz estavam arrumados na placa ajustada sob o quadro. A esponja que usava como apagador se encontrava à esquerda do matemático, a seu alcance. A mão direita, ou, melhor, o gancho, tinha a função de desenhar figuras, fórmulas e números.

No começo, J. T. Maston, com um traço espantosamente circular, desenhou a circunferência representando o esferoide terrestre. No Equador, a curva do globo foi marcada por uma linha grossa, representando a parte anterior da curva, e depois por uma linha pontilhada, indicando a parte posterior — de modo a deixar clara a projeção da figura esférica. O eixo que liga os dois polos foi indicado por um traço perpendicular no plano do Equador, marcado pelas letras N e S.

Enfim, no canto direito da lousa, escreveu o número que representa a circunferência da Terra em metros: 40.000.000.

Feito isso, J. T. Maston se preparou para começar a série de cálculos.

Ele estava tão absorto que nem observou o estado do céu, que se transformara durante a tarde. Fazia já uma hora que se adensava uma daquelas tempestades fortes, cuja influência afeta todos os seres vivos. Nuvens lívidas, lembrando flocos brancos, acumuladas no fundo cinza fosco, passavam, pesadas, por cima da cidade. Estrondos distantes repercutiam entre as cavidades sonoras da Terra e do espaço. Um ou outro relâmpago já tinham riscado a atmosfera, onde a tensão elétrica chegava ao auge.

J. T. Maston, cada vez mais concentrado, não via nem ouvia nada.

De repente, um timbre elétrico perturbou, com tinidos apressados, o silêncio do escritório.

— Nossa! — exclamou J. T. Maston. — Quando os importunos não chegam pela porta, chegam pelo telefone! Que bela invenção para quem quer ficar em paz! Vou me precaver e interromper a conexão durante todo meu trabalho.

Ele avançou para a placa.

— Está querendo o quê? — perguntou ele.

— Conversar por alguns instantes! — respondeu uma voz feminina.

— E quem fala?

— Não me reconheceu, caro sr. Maston? Sou eu... a sra. Scorbitt!

— Sra. Scorbitt! Ela não me deixa em paz nem por um segundo!

Essas últimas palavras — desagradáveis para a simpática viúva — foram, por prudência, murmuradas a distância, de modo a não causar efeito na placa do aparelho.

Então, J. T. Maston, percebendo que não poderia escapar de responder com pelo menos uma frase educada, disse:

— Ah, é a senhora, sra. Scorbitt?

— Sou eu, caro sr. Maston!

— E o que a senhora deseja?

— Alertar sobre uma tempestade violenta que não tardará a cair na cidade!

— Bom, não posso fazer nada...

— Não, mas queria perguntar se o senhor teve o cuidado de fechar as janelas...

A sra. Evangelina Scorbitt mal concluíra a frase quando um trovão estrondoso tomou o espaço. Parecia que um pedaço de seda imenso se rasgava por um comprimento infinito. O raio caíra na vizinhança de Ballistic Cottage, e o fluido, conduzido pelo fio telefônico, invadiu o escritório do engenheiro com brutalidade elétrica.

J. T. Maston, debruçado na placa do aparelho, levou a maior bofetada voltaica que já atingira o rosto de um estudioso. Em seguida, como a faísca percorreu seu gancho de ferro, ele desmoronou como um mero castelo de cartas. A lousa, onde J. T. Maston esbarrou, saiu voando para outro canto. Por fim, o raio, escapando pelo buraco invisível de um vidro, encontrou um duto e se perdeu no solo.

Atordoado — não era para menos —, J. T. Maston se levantou, esfregou partes variadas do corpo e confirmou que não se ferira. Feito isso, sem perder o sangue-frio, como convinha a um antigo atirador de canhão, ele arrumou o escritório, endireitou o cavalete, encaixou a lousa, recolheu o giz espalhado pelo tapete e voltou ao trabalho tão bruscamente interrompido.

Percebeu que, devido à queda, a inscrição que ele traçara à direita, representando, em metros, a circunferência terrestre no Equador, fora parcialmente apagada. Ele estava começando a reescrevê-la quando o timbre voltou a soar, com um tinido febril.

— De novo! — exclamou J. T. Maston, antes de se dirigir ao aparelho. — Quem é?

— Sra. Scorbitt.

— E o que a senhora quer?

— Esse raio horrível não caiu em Ballistic Cottage?
— Que eu saiba, caiu.
— Ah! Deus do céu! O raio...
— Calma, sra. Scorbitt.
— O senhor está machucado, caro sr. Maston?
— Não.
— Tem certeza de que não foi afetado?
— O que me afeta é apenas sua amizade por mim. — J. T. Maston achou dever responder, galante.
— Boa noite, caro Maston!
— Boa noite, cara sra. Scorbitt.

Voltando ao lugar, ele acrescentou:
— Que vá ao inferno essa excelente mulher! Se ela não tivesse me ligado assim, de modo tão inconveniente, eu nem correria o risco do choque!

Dessa vez, era mesmo o fim. J. T. Maston não seria mais interrompido durante o trabalho. Para garantir a calma necessária, ele desligou totalmente o som do aparelho, interrompendo a comunicação elétrica.

Tomando como base o número que acabara de reescrever, ele deduziu as diversas fórmulas e, por fim, uma fórmula definitiva, que anotou à esquerda da lousa, após apagar todos os números que o levaram até lá.

E, enfim, mergulhou em uma série interminável de símbolos algébricos...

Oito dias depois, em 11 de outubro, o cálculo magnífico de mecânica fora resolvido, e o secretário do Gun Club, triunfante, levou aos colegas a solução do problema que aguardavam com impaciência de todo natural.

O método prático de chegar ao polo Norte para explorar seu carvão fora matematicamente estabelecido. Assim, fundou-se uma associação, sob o nome de North Polar Practical Association, à qual o governo de Washington atribuiu a concessão do território ártico no caso de tornar-se proprietária deste na adjudicação. Sabemos que, com o resultado do leilão a favor dos Estados Unidos, a nova associação recorreu aos capitalistas dos dois lados do mundo.

"Não me reconheceu, caro sr. Maston?"

7
EM QUE O PRESIDENTE BARBICANE DIZ APENAS O QUE LHE CONVÉM

Em 22 de dezembro, os investidores da Barbicane & Cia. foram convocados em assembleia geral. Nem é preciso dizer que escolheram os salões do Gun Club, no edifício da Union Square, como sede da reunião. Na realidade, a multidão de cotistas solícitos era tamanha que mal cabia na praça de Baltimore. Porém, não havia como fazer uma reunião a céu aberto naquela data, quando o termômetro desceu a dez graus abaixo do zero da fusão do gelo.

Em geral, o vasto salão do Gun Club — talvez não tenha sido possível esquecer — era decorado por maquinário de todo tipo, indicando a nobre profissão dos membros. Parecia um verdadeiro museu da artilharia. Os próprios móveis, cadeiras e mesas, poltronas e sofás, lembravam, pela forma bizarra, os instrumentos assassinos que levaram dessa para melhor tanta gente corajosa cujo desejo secreto era morrer de velhice.

Naquele dia, porém, foi necessário rearrumar o espaço. Impey Barbicane presidiria não uma assembleia bélica, mas industrial e pacífica. Portanto, abriram muito espaço para os numerosos investidores, vindos de todos os cantos do país. No salão, assim como nas salas circundantes, eles se esmagavam, empilhavam, sufocavam, isso sem mencionar a fila interminável cujo rastro se prolongava até o meio da praça.

Era claro que os membros do Gun Club — primeiros compradores das ações da nova associação — ocupavam os lugares mais próximos do palanque. Dentre eles, se distinguia, mais triunfantes do que nunca, o coronel Bloomsberry, Tom Hunter das pernas de pau, e seu colega, o arrojado Bilsby. Com toda a galanteria, uma poltrona confortável fora reservada para a sra. Evangelina Scorbitt, que, na qualidade de maior proprietária do terreno ártico, teria até o direito de presidir ao lado de Barbicane. Várias mulheres, de todas as classes sociais, iluminavam com chapéus de flores sortidas, plumas extravagantes e fitas coloridas a multidão ruidosa que se aglomerava sob a abóboda de vidro do salão.

Em suma, para a imensa maioria, os acionistas presentes na assembleia poderiam ser considerados não apenas apoiadores, mas até amigos dos membros do conselho administrativo.

Porém, cabe uma observação. Os emissários europeus, sueco, dinamarquês, inglês, holandês e russo, ocupavam lugares especiais e, para assistir à reunião, precisavam todos ter adquirido a quantidade de ações que lhes daria direito a voto deliberativo. Depois de terem se unido de modo tão perfeito para a aquisição, se fizeram igualmente parceiros para desacreditar os compradores. É fácil imaginar a curiosidade intensa que os impulsionava a escutar o discurso que faria o presidente Barbicane. Essa fala, sem dúvida, iluminaria os procedimentos imaginados para alcançar o polo. Não seria essa a dificuldade ainda maior do que a de explorar as minas? Se surgissem algumas objeções, Eric Baldenak, Boris Karkof, Jacques Jansen e Jan Harald pediriam a palavra sem pudor. Por sua vez, o major Donellan, encorajado por Dean Toodrink, estava decidido a levar às últimas seu rival, Impey Barbicane.

Era oito da noite. O salão, as salas, os pátios do Gun Club resplandeciam do brilho dos lustres elétricos. Desde a abertura das portas invadidas pelo público, um tumulto de murmúrios incessantes soava da plateia. Entretanto, todos se calaram quando o porteiro anunciou a chegada do conselho administrativo.

Ali, em um estrado drapeado, diante de uma mesa com toalha preta, sob a luz direta, se postaram o presidente Barbicane, o secretário J. T. Maston e o colega de ambos, o capitão Nicholl. Um triplo viva, pontuado de grunhidos e exclamações, irrompeu no salão, espalhando-se até as ruas vizinhas.

Solenes, J. T. Maston e o capitão Nicholl se sentaram, na plenitude da celebridade.

Enfim, o presidente Barbicane, que permanecera de pé, pôs a mão esquerda no bolso, a mão direita no colete, e tomou a palavra assim:

— Senhores e senhoras investidores. O conselho administrativo da North Polar Practical Association os reuniu nos salões do Gun Club a fim de apresentar uma informação importante. Os senhores souberam, pela discussão dos jornais, que o objetivo de nossa nova associação é explorar as minas de carvão no polo ártico, concedido a nós pelo governo federal. O terreno, adquirido em leilão público, constitui o aporte de seus proprietários ao negócio. Os recursos financeiros, dispostos pela arrecadação concluída no último 11 de dezembro, permitirão a organização da empreitada, cujo rendimento produzirá uma taxa de juros até hoje nunca vista em qualquer operação comercial ou industrial.

Aqui, primeiros murmúrios de aprovação, que interromperam o orador por um instante.

— Os senhores e as senhoras sabem também — continuou — como chegamos a admitir a existência de jazidas ricas em carvão, talvez até de marfim fóssil, nas regiões circumpolares. Os documentos publicados pela imprensa no mundo todo não devem deixar a menor dúvida quanto à existência de tais minerais.

"Ora, a hulha se tornou a fonte de toda a indústria moderna. Sem falar do carvão e do coque, utilizados para aquecimento, e de seu uso para produção de vapor e eletricidade, devo citar seus derivados, os pigmentos de garança, urzela, anil, fúcsia, carmim, os perfumes de baunilha, de amêndoa, de ulmária, de cravo-da-índia, de gualtéria, de anis, de cânfora, de timol e de heliotropina, os picratos, o ácido salicílico, o naftol, o fenol, a antipirina, a benzina, a naftalina, o ácido pirogálico, a hidroquinona, o tanino, a sacarina, o alcatrão, o asfalto, o breu, os óleos lubrificantes, os vernizes, o ferrocianeto de potássio, o cianeto, os licores etc. etc. etc."

Após tal enumeração, o orador respirou como um atleta resfolegante que se interrompe para recuperar o fôlego. Enfim, graças a uma inspiração de ar profunda, continuou:

— Portanto, é certo que a hulha, essa substância de última preciosidade, se esgotará em tempo bastante limitado, devido ao consumo excessivo. Nos próximos quinhentos anos, as minas exploradas até hoje estarão vazias...

— Trezentos anos! — gritou um membro da plateia.

— Duzentos! — respondeu outro.

— Digamos que é um período mais ou menos próximo — continuou o presidente Barbicane —, então nos dediquemos a descobrir alguns novos focos de produção, como se a hulha fosse acabar antes mesmo do fim do século 19.

Aqui, uma interrupção para que a plateia aguçasse os ouvidos e, então, a seguinte continuação:

— Por isso, investidores e investidoras, levantem-se, sigam-me, e vamos ao polo!

E, sem demora, o público todo se alvoroçou, pronto para afivelar as malas, como se o presidente Barbicane tivesse revelado um navio prestes a partir para a região ártica.

Uma observação, jogada pela voz azeda e nítida do major Donellan, interrompeu com brusquidão o movimento — tão impensado quanto entusiasmado.

— Antes de começar, pergunto como chegar ao polo. Pretende ir por mar?

— Nem por mar, nem por terra, nem por ar — respondeu, com toda a tranquilidade, o presidente Barbicane.

A assembleia toda se sentou, tomada por um sentimento de curiosidade muito compreensível.

— Os senhores sabem que tentativas já foram feitas para chegar a esse ponto inacessível do esferoide terrestre. Contudo, convém que eu as lembre, em resumo. É uma honra justa aos pioneiros intrépidos que sobreviveram e aos que sucumbiram às expedições sobre-humanas.

Uma aprovação unânime percorreu a plateia, independente da nacionalidade.

— Em 1845 — continuou Barbicane —, o inglês *sir* John Franklin, na terceira viagem com o *Erebus* e o *Terror*, cujo objetivo era subir ao polo, afundou na região setentrional, e dele nunca mais se ouviu falar.

"Em 1854, o americano Kane e seu tenente Morton partiram em busca de *sir* John Franklin e, embora tenham voltado da expedição, seu navio, *Advance*, não retornou.

"Em 1859, o inglês McClintock descobriu um documento que parece indicar que não resta sobrevivente algum da campanha do *Erebus* e do *Terror*.

"Em 1860, o americano Hayes partiu de Boston na escuna *United States*, ultrapassou o 81º paralelo, e voltou em 1862, sem chegar além, apesar do esforço heroico de seus companheiros.

"Em 1869, os capitães Koldewey e Hegemann, ambos alemães, partiram de Bremerhaven no *Hansa* e no *Germania*. O *Hansa*, despedaçado pelo gelo, afundou um pouco abaixo do 71º grau de latitude, e o resgate da tripulação se deveu aos botes que lhes permitiram voltar ao litoral da Groenlândia. Já o *Germania*, mais afortunado, voltou ao porto de Bremerhaven, mas sem ultrapassar o 77º paralelo.

"Em 1871, o capitão Hall embarcou em Nova York no navio a vapor *Polaris*. Quatro meses depois, durante um inverno doloroso, o corajoso marinheiro sucumbiu à fadiga. Um ano depois, o *Polaris*, arrastado pelos icebergs, sem ter chegado ao 82º grau de latitude, se partiu em meio às geleiras à deriva. Dezoito homens da tripulação, desembarcados por ordem do tenente Tyson, só conseguiram voltar ao continente lançando-se em uma jangada de gelo em meio às correntes do mar ártico, e ninguém nunca reencontrou os treze homens perdidos com o *Polaris*.

"Em 1875, o inglês Nares partiu de Portsmouth com o *Alert* e o *Discovery*. Foi nessa campanha memorável, quando a tripulação montou o acampamento de inverno entre o 82º e o 83º paralelos, que o capitão Markham, após avançar ao norte, parou a apenas 400 milhas do polo ártico, local ao qual ninguém antes havia chegado.

— Em 1879, nosso grande compatriota Gordon Bennet...

Aqui, três vivas de peito cheio aclamaram o nome do "grande compatriota", o diretor do *New York Herald*.

— ... armou o *Jeannette*, que confiou ao comandante De Long, de família de origem francesa. O *Jeannette* partiu de São Francisco com 33 homens, atravessou o estreito de Bering, ficou preso no gelo na altura da ilha Herald, naufragou na altura da ilha Bennett, perto do 77º paralelo. A tripulação tinha um recurso apenas: se dirigir ao sul com as canoas que se salvaram, ou então na superfície das placas de gelo. A miséria os dizimou. De Long morreu em outubro. Vários de seus companheiros também foram atingidos, e apenas doze voltaram da expedição.

"Por fim, em 1881, o americano Greely saiu do porto de St. John em Terra Nova com o navio a vapor *Proteus*, a fim de estabelecer uma estação na baía de Lady Franklin, na terra de Grant, um pouco abaixo do 82º grau. Lá fundaram o forte Conger, e dali os intrépidos invernantes se dirigiram a oeste e a norte da baía. O tenente Lockwood e seu companheiro Brainard, em maio de 1882, chegaram a 83 graus e 35 minutos, ultrapassando o capitão Markham por poucas milhas. Foi esse o ponto extremo atingido até hoje! É a *Ultima Thule* da cartografia polar!"

E então, novos vivas, ornamentados por gritos em homenagem aos exploradores americanos.

— Porém — continuou Barbicane —, a campanha acabou mal. O *Proteus* afundou. Eram 24 colonos árticos, entregues a misérias apavorantes. O dr. Pavy, um francês, e tantos outros, sofreram males fatais. Greely, socorrido pelo *Thetis* em 1883, trouxe de volta apenas seis companheiros. Um dos heróis da expedição, o tenente Lockwood, sucumbiu também, acrescentando um nome ao martirológio lamentável da região!

Dessa vez, as palavras do presidente Barbicane foram recebidas com silêncio respeitoso, pois toda a plateia partilhava da comoção legítima.

Então ele retomou, com a voz vibrante:

— Assim, apesar de tanta devoção e coragem, ninguém jamais ultrapassou o 84º paralelo. Podemos até afirmar que ninguém o fará, pelos métodos utilizados até hoje, sejam navios para chegar à geleira, sejam balsas para atravessar o gelo. O ser humano não pode enfrentar perigos tamanhos, suportar temperaturas tão ínfimas. Portanto, é por outras vias que devemos prosseguir à conquista do polo!

Desmoronou como um mero castelo de cartas.

Dava para sentir, pela vibração na plateia, que estava ali o cerne do discurso, o segredo que todos buscavam e cobiçavam.

— E como o fará, senhor? — perguntou o emissário da Inglaterra.

— Em menos de dez minutos, o senhor saberá, major Donellan — respondeu o presidente Barbicane[1] —, e acrescento, dirigindo-me aos nossos acionistas: confiem em nós, pois os promotores desta empreitada são os mesmos homens que, ao embarcar em um projétil cilíndrico-cônico...

— Cilíndrico-cônico! — exclamou Dean Toodrink.

— ... ousaram se aventurar à Lua.

— E dá para ver que voltaram! — acrescentou o secretário do major Donellan, cujas observações indesejadas provocaram protestos violentos.

O presidente Barbicane deu de ombros e continuou, com a voz decidida:

— Pois sim, investidores e investidoras, em menos de dez minutos, saberão o que esperar.

Um murmúrio de *oh!*, *eh!* e *ah!* prolongados se seguiu à fala. Parecia até que o orador acabara de dizer "Em menos de dez minutos, chegaremos ao polo Norte!".

Ele continuou:

— Primeiro, seria um continente que forma a calota ártica da Terra? Não seria um mar, e o comandante Nares não teria razão ao chamá-lo de "mar paleocrístico", ou seja, o mar dos gelos antigos? A essa dúvida, respondo: acreditamos que não.

— Não basta! — exclamou Eric Baldenak. — Não adianta "acreditar", é preciso ter certeza...

— Ora, mas nós temos, é o que eu responderia a meu interpelador fervoroso. Pois sim! É um terreno sólido, e não uma

---

1. Na lista de desbravadores que tentaram chegar ao polo, Barbicane omitiu o nome do capitão Hatteras, cujo pavilhão tremulou na latitude de 90°. Entende-se que o referido capitão não passe, provavelmente, de um herói imaginário. (*Anglais au pôle Nord* e *Désert de Glace* ["Os ingleses no polo Norte" e "Deserto de gelo"], do mesmo autor).

bacia líquida, que a North Polar Practical Association adquiriu e que agora pertence aos Estados Unidos, sem que qualquer potência europeia jamais possa reivindicar!

Houve um murmúrio nos bancos dos emissários europeus.

— Ah! Um buraco cheio d'água... uma privada... que não conseguem nem esvaziar! — exclamou de novo Dean Toodrink.

Como reação, irrompeu uma aprovação ruidosa dos colegas.

— Não, senhor — respondeu com vigor o presidente Barbicane. — Há ali um continente, um planalto elevado, talvez como o deserto de Gobi na Ásia Central, a três ou quatro quilômetros do nível do mar. Isso podemos deduzir de forma fácil e lógica a partir das observações da região limítrofe, que o território polar simplesmente prolonga. Ao explorá-la, Nordenskiöld, Peary e Maigaard constataram que a Groenlândia sobe continuamente ao norte. A 160 quilômetros em direção ao interior, saindo da ilha Disko, a altitude já é de 2.300 metros. Ora, considerando as observações de diferentes produtos, animais ou vegetais, encontrados nas carapaças de gelo secular, como carcaças de mastodontes, presas e dentes de marfim e troncos de coníferas, podemos afirmar que o continente um dia foi uma terra fértil, sem dúvida habitada por animais e talvez por seres humanos. Lá foram enterradas as florestas densas das épocas pré-históricas, que formaram as minas de hulha cuja exploração saberemos efetuar! Sim! É uma terra que se estende ao redor do polo, um continente virgem de pegadas humanas, no qual fincaremos a bandeira dos Estados Unidos da América!

Aplausos estrondosos.

Quando os últimos ecos se calaram nas perspectivas distantes da Union Square, escutou-se um grito na voz cortante do major Donellan:

— Já passaram sete minutos dos dez que nos bastariam para chegar ao polo...

— Chegaremos em três minutos — respondeu, frio, o presidente Barbicane, antes de prosseguir. — Porém, embora nosso novo terreno seja constituído por continente, e esse continente seja elevado, como temos motivo para acreditar, ele ainda assim é obstruído pelo gelo perene, coberto de blocos e placas de gelo, em condições de exploração difícil...

— Impossível! — corrigiu Jan Harald, destacando a afirmação com um gesto exaltado.

— Impossível, pode até ser — respondeu Impey Barbicane. — Entretanto, dedicamos nossos esforços para vencer essa impossibilidade. Não apenas não precisaremos mais de navios ou trenós para chegar ao polo, como, graças ao nosso procedimento, a fusão do gelo, antigo ou novo, ocorrerá como se por mágica, sem que custe um dólar de nosso capitão ou um minuto de trabalho!

Então, silêncio absoluto. Chegava a hora da verdade, como murmurou Dean Toodrink ao pé do ouvido de Jacques Jansen.

— Senhores — prosseguiu o presidente do Gun Club —, Arquimedes pediu apenas um ponto de apoio para erguer o mundo. Ora! Encontramos o ponto de apoio necessário! Uma alavanca bastaria ao grande geométrico de Siracusa, e nós temos a alavanca! Assim, somos capazes de deslocar o polo...

— Deslocar o polo! — exclamou Eric Baldenak.

— Trazê-lo para a América! — exclamou Jan Harald.

O presidente Barbicane ainda não queria especificar, pois continuou:

— Quanto ao ponto de apoio...

— Não diga, não diga! — gritou um membro da plateia com a voz retumbante.

— Quanto à alavanca...

— Guarde o segredo, guarde! — gritou a maioria dos espectadores.

— Guardaremos! — respondeu o presidente Barbicane.

Dá para acreditar que os emissários europeus ficaram decepcionados com a resposta. Porém, apesar das reclamações, o orador não quis expor nenhum detalhe do processo. Contentou-se em acrescentar:

— Quanto aos resultados do trabalho mecânico que empreenderemos e levaremos a cabo graças ao recurso de seus capitais, uma obra sem precedentes nos anais industriais, transmitirei uma informação imediata.

— Escutem! Escutem!

E escutaram, sim!

— Primeiro — continuou o presidente Barbicane —, a ideia inicial do projeto vem de um de nossos colegas mais sábios, dedicados e ilustres. É dele, também, a glória de formular os cálculos que possibilitam transpor a ideia da teoria à prática, pois, enquanto a exploração da hulha ártica é mera brincadeira, deslocar o polo era um problema que apenas a mecânica superior resolveria. É por isso que nos dirigimos ao honrado secretário do Gun Club, J. T. Maston!

— Viva! Bravo! Viva J. T. Maston! — gritou todo o auditório, eletrizado pela presença do personagem eminente e extraordinário.

Ah! Como a sra. Evangelina Scorbitt se emocionou com as aclamações que irromperam ao redor do célebre engenheiro, como seu coração se comoveu com deleite!

O secretário, modesto, se contentou em balançar de leve a cabeça para a direita, depois para a esquerda, e cumprimentar a plateia entusiasmada com a ponta do gancho.

— Caros investidores — continuou o presidente Barbicane —, ainda na grande assembleia que comemorou a chegada à

América do francês Michel Ardan, alguns meses antes de nossa partida para a Lua...

O ianque falava da viagem com toda a tranquilidade, como se fosse apenas de Baltimore a Nova York.

— ... J. T. Maston exclamou: "Inventemos máquinas, encontremos um ponto de apoio e endireitemos o eixo da Terra!" Ora, então, que os senhores que me escutam o saibam: as máquinas foram inventadas, o ponto de apoio, encontrado, e dedicaremos nossos esforços a endireitar o eixo terrestre!

"Viva! Bravo! Viva J. T. Maston!"

E então, alguns minutos estupefatos, que poderíamos traduzir pela expressão popular, mas adequada: "Essa é difícil de engolir!"

— Como assim? Tem a pretensão de endireitar o eixo! — exclamou o major Donellan.

— Sim, senhor — respondeu o presidente Barbicane. — Ou, melhor, temos os meios para criar um novo eixo, no qual então ocorrerá a rotação diurna...

— Modificar a rotação diurna! — repetiu o coronel Karkof, cujos olhos soltavam faíscas.

— Precisamente, e sem alterar sua duração! — respondeu o presidente. — A operação levará o polo atual a aproximadamente o 67º paralelo, e, nessas condições, a Terra se comportará como o planeta Júpiter, cujo eixo é quase perpendicular ao plano da órbita. O deslocamento de 23 graus e 28 minutos bastará para que nosso território polar receba calor suficiente para derreter o gelo acumulado há milhares de séculos!

O auditório prendia o fôlego. Ninguém pensava em interromper o orador, nem mesmo para aplaudir. Estavam todos sob o encanto daquela ideia ao mesmo tempo engenhosa e simples: modificar o eixo em que se move o esferoide terrestre.

Quanto aos emissários europeus, estavam simplesmente estupefatos, embasbacados, estarrecidos, de boca fechada, no auge da perplexidade.

Os aplausos irromperam em arroubos quando o presidente Barbicane concluiu o discurso com essa fala, sublime de tão simples:

— Assim, o próprio Sol se encarregará de derreter os blocos e as geleiras e de facilitar o acesso ao polo Norte.

— Como o homem não conseguiu ir ao polo — falou o major Donellan —, é o polo que virá até ele?

— Precisamente! — respondeu o presidente Barbicane.

Os emissários europeus estavam estarrecidos.

8
"COMO EM JÚPITER?", DISSE O PRESIDENTE DO GUN CLUB

Como em Júpiter, sim!

Quando, naquela memorável assembleia em homenagem a Michel Ardan — muito bem lembrada pelo orador —, J. T. Maston exclamou com vigor "Endireitemos o eixo!", foi porque o audacioso e criativo francês, um dos heróis de *Da Terra à Lua*, o companheiro do presidente Barbicane e do capitão Nicholl, acabava de entoar uma ode lírica em honra do planeta mais importante do sistema solar. Naquele estupendo panegírico, ele não deixara de celebrar as vantagens especiais como vamos resumir e relatar.

Assim, de acordo com a solução do problema pelo engenheiro calculista do Gun Club, um novo eixo de rotação substituiria o antigo, no qual a Terra gira "desde que o mundo é mundo", como diz a expressão. O novo eixo seria perpendicular ao plano da órbita. Em tais condições, a situação climática do antigo polo Norte se tornaria idêntica a como é em Trondheim, na Noruega, durante a primavera. A couraça paleocrística derreteria por ação natural sob os raios do Sol. Ao mesmo tempo, o clima se redistribuiria no esferoide como ocorre na superfície de Júpiter.

A inclinação do eixo deste ou, em outros termos, o ângulo que seu eixo de rotação forma com o plano da eclíptica, é de 88° 13'.

Com mais um grau e 47 minutos, o eixo seria perpendicular ao plano da órbita que descreve ao redor do Sol.

É importante especificar que o esforço que a Barbicane & Cia. operaria para modificar as condições atuais não teria nenhuma intenção, no sentido preciso, de endireitar o eixo. Mecanicamente, nenhuma força, por mais considerável que fosse, poderia produzir tal resultado. A Terra não é um frango assado que gira no espeto, um eixo material que poderíamos pegar na mão e deslocar à vontade. Porém, a criação de um novo eixo era possível — até fácil —, desde que o ponto de apoio sonhado por Arquimedes e a alavanca imaginada por J. T. Maston estivessem à disposição dos ousados engenheiros.

Visto que pareciam decididos a fazer segredo da invenção até nova ordem, era preciso limitar-se a estudar as consequências.

Foi, então, o que fizeram os jornais e as revistas, lembrando aos estudiosos e ensinando aos ignorantes o resultado, em Júpiter, da perpendicularidade aproximada do eixo no plano da órbita.

Júpiter, que faz parte do sistema solar, como Mercúrio, Vênus, a Terra, Marte, Saturno, Urano e Netuno, circula a cerca de 1.111.200.000 quilômetros do foco comum, com o volume por volta de 1.400 vezes maior do que o da Terra.

Ora, se houver vida "jupiteriana", ou seja, habitantes na superfície de Júpiter, eis as vantagens incontestáveis oferecidas pelo planeta em questão — vantagens tão fantasiosamente destacadas na assembleia memorável que precedera a viagem à Lua.

Em primeiro lugar, durante a revolução diurna de Júpiter, que dura apenas nove horas e 55 minutos, os dias são sempre iguais às noites em qualquer latitude — isto é, quatro horas e 57 minutos por dia, e quatro horas e 57 minutos por noite.

"Isso, sim, é conveniente para quem tem hábitos regulares", observaram os defensores da existência dos jupiterianos. "Essa gente ficaria maravilhada de se submeter a tal regularidade."

Era o que ocorreria na Terra se o presidente Barbicane efetuasse sua obra. Entretanto, como o movimento de rotação no novo eixo terrestre não aumentaria, nem diminuiria, e 24 horas continuariam a separar dois meios-dias sucessivos, as noites e os dias teriam exatas doze horas, em qualquer ponto do esferoide. Os crepúsculos e as alvoradas estenderiam os dias em quantidade sempre igual. Viveríamos em meio a um equinócio perpétuo, como ocorre em 21 de março e 21 de setembro em todas as latitudes do globo quando o astro solar descreve a curva aparente no plano do Equador.

"Mas o fenômeno climático mais curioso, e não menos interessante, seria a ausência de estações!", acrescentavam, com razão, os entusiastas.

De fato, é graças à inclinação do eixo no plano da órbita que ocorrem as variações anuais, conhecidas pelo nome de primavera, verão, outono e inverno. Ora, os jupiterianos não vivem nada disso, então os terráqueos também não viveriam. Quando o novo eixo se tornasse perpendicular à eclíptica, não haveria mais zonas polares nem zonas tropicais, e a Terra toda aproveitaria o clima temperado.

O motivo é o seguinte:

O que é a zona tropical? É a parte da superfície do globo contida entre os Trópicos de Câncer e Capricórnio. Todos os pontos dessa zona aproveitam a propriedade de ver o Sol duas vezes por ano no zênite, enquanto, nos pontos dos trópicos, esse fenômeno ocorre apenas uma vez por ano.

O que é a zona temperada? É a parte que contém as regiões situadas entre os Trópicos e os Círculos Polares, entre 23º 28' e

66° 72' de latitude, nas quais o Sol nunca chega ao zênite e todo dia aparece acima do horizonte.

O que é a zona polar? É a parte das regiões circumpolares que o Sol abandona por completo durante um período, que, no polo em si, pode chegar a seis meses.

Entendemos que uma consequência das alturas diversas que o Sol pode atingir acima do horizonte é que resulte em um calor excessivo na zona tropical, um calor moderado, mas variável conforme se afasta dos Trópicos, para a zona temperada, e um frio excessivo na zona polar, dos Círculos aos polos.

Então, não seria mais assim na superfície da Terra, devido à perpendicularidade do novo eixo. O Sol se manteria imóvel no plano do Equador. Durante o ano todo, ele desenharia, por doze horas, seu trajeto imperturbável, subindo à distância de zênite igual à latitude do local e, por consequência, mais alto quanto mais próximo o ponto for do Equador. Assim, para os países situados a vinte graus de latitude, ele chegaria todo dia a setenta graus do horizonte; nos países situados a 49 graus, a 41; nos pontos situados no 67° paralelo, a 23 graus. Portanto, os dias conservariam uma regularidade perfeita, medidos pelo Sol, que nasceria e se poria a cada doze horas no mesmo ponto do horizonte.

"Veja só as vantagens!", insistiam os amigos do presidente Barbicane. "Cada indivíduo, de acordo com seu temperamento, poderá escolher o clima invariável mais adequado a suas alergias ou reumatismos, em um globo onde não haverá mais as variações de calor hoje tão incômodas!"

Em suma, Barbicane & Cia., Titãs modernos, modificariam o estado existente desde a época em que o esferoide terrestre, inclinado na órbita, se concentrara para tornar-se a Terra que conhecemos.

Na verdade, o astrônomo perderia algumas das constelações ou estrelas que estaria acostumado a ver no céu. O poeta não teria mais as noites longas de inverno, nem os dias longos de verão, para enquadrar as rimas modernas com rimas perfeitas. Mas, no geral, que benefícios para a humanidade!

"Além disso", diziam os jornais dedicados ao presidente Barbicane, "visto que a agricultura será regularizada, os fazendeiros poderão distribuir cada espécie vegetal na temperatura que lhes parecer favorável!"

"E daí?", retrucavam os periódicos adversários. "Não continuará a haver chuva, granizo, tempestade, tromba d'água, furacões, todos esses meteoros que às vezes comprometem tão seriamente as colheitas e a renda dos agricultores?"

"É claro", retomava o coro de amigos, "mas esses desastres deverão ser menos raros, devido à regularidade climática que impedirá distúrbios atmosféricos! Pois sim! A humanidade aproveitará muito bem esse novo estado! Pois sim! Será uma verdadeira transformação no globo terrestre! Pois sim! Barbicane & Cia. terão prestado um serviço às gerações presentes e futuras, ao destruir, com a desigualdade de dias e noites, a diversidade frustrante das estações! Pois sim! Como dizia Michel Ardan, nosso esferoide, na superfície do qual sempre faz frio ou calor demais, não será mais o planeta dos resfriados, das corizas, das pneumonias! Só ficarão resfriados aqueles que assim escolherem, visto que será sempre possível ir morar em um país mais adequado a seus brônquios."

E, no exemplar do 27 de dezembro, o *Sun*, de Nova York, concluiu o artigo mais eloquente aos brados:

"Honra ao presidente Barbicane e a seus colegas! Não apenas esses ousados anexarão, por assim dizer, uma nova província ao continente americano, de modo a expandir o terreno já vasto da Confederação, como tornarão a Terra mais higienicamente habitável, além de mais produtiva, pois será possível semear assim que colher, o grão germinará sem demora, e não se perderá tempo no inverno! Não apenas a riqueza de carvão aumentará devido à exploração das novas jazidas, que garantirão o consumo dessa matéria indispensável por anos a fio, talvez, como as condições climáticas de nosso globo mudarão para o melhor! Barbicane e seus colegas modificarão, pelo bem de seus semelhantes, a obra do Criador! Honra a esses homens, que ocuparão o primeiro lugar entre os benfeitores da humanidade!"

9
NO QUAL SENTIMOS A CHEGADA DE UM DEUS *EX MACHINA* DE ORIGEM FRANCESA

Deveriam ser esses, então, os benefícios causados pela modificação do eixo de rotação feita pelo presidente Barbicane. Sabemos, também, que a modificação afetaria de forma apenas imperceptível o movimento de translação do esferoide ao redor do Sol. A Terra continuaria a descrever sua órbita imutável através do espaço, e as condições do ano solar não se alterariam em nada.

Quando as consequências da mudança do eixo foram apresentadas ao mundo inteiro, as reverberações foram extraordinárias. De início, o problema de mecânica foi recebido com entusiasmo. A perspectiva de estações de igualdade constante, de acordo com a latitude, "ao bel-prazer dos consumidores", era bem sedutora. O mundo inteiro se deixou levar pela ideia de que todos os mortais poderiam aproveitar a primavera perpétua que o canto de Telêmaco atribuía à ilha de Calipso e que seria até possível escolher entre a primavera fresca e a primavera morna. Quanto à posição do novo eixo em que ocorreria a rotação diurna, era um segredo que nem o presidente Barbicane, nem o capitão Nicholl, nem J. T. Maston pareciam querer informar ao público. Será que o revelariam de antemão, ou só se saberia após o experimento? Não faltava muito para a opinião começar a se preocupar um pouco.

Uma observação ocorreu com toda a naturalidade e foi amplamente comentada nos jornais: por qual esforço mecânico ocorreria a mudança, que, é claro, exigia o uso de uma força enorme?

Forum, uma revista importante de Nova York, notou o seguinte:

"Se a Terra não girasse em um eixo, talvez bastasse um impacto relativamente fraco para atribuir-lhe um movimento de rotação ao redor de um eixo arbitrariamente escolhido; porém, ela pode ser comparada a um imenso giroscópio, movimentado com alta rapidez, e a lei da natureza indica que um aparelho do tipo tem a propensão a girar sempre ao redor do mesmo eixo. Léon Foucault o demonstrou sem deixar dúvidas em suas experiências celebres. Portanto, seria muito difícil, para não dizer impossível, desviá-la!"

Corretíssimo. Assim, após se perguntar qual seria o efeito causado pelos engenheiros da North Polar Practical Association, era também interessante saber se o esforço ocorreria de forma imperceptível ou brusca. E, neste último caso, não resultaria em catástrofes apavorantes ao redor do globo no momento em que se efetuasse a mudança de eixo graças ao procedimento de Barbicane & Cia.?

Era motivo de preocupação para os eruditos e para os ignorantes do mundo inteiro. Um impacto é um impacto, e é sempre desagradável sentir o choque ou até mesmo o contrachoque. Parecia, sinceramente, que os promotores da experiência não tinham nem se preocupado com os abalos que a obra poderia causar em nosso globo infeliz, pois só viam as vantagens. Portanto, muito sagazes, os emissários europeus, cada vez mais irritados com a derrota e decididos a se aproveitar da circunstância, começaram a voltar a opinião pública contra o presidente do Gun Club.

Não esqueçamos que a França, que não reivindicara direito nenhum sobre as terras polares, não figurava entre as potências participantes do leilão. Contudo, embora ela estivesse oficialmente afastada da questão, um francês, já dissemos, tivera a ideia de ir a Baltimore para acompanhar, por sua própria conta e interesse, as diversas fases da empreitada gigantesca.

Era um engenheiro do Corps des Mines,[1] de no máximo 35 anos. Primeiro lugar da Escola Politécnica ao entrar e se formar na instituição, convém apresentá-lo como um matemático de primeira estirpe, muito provavelmente superior a J. T. Maston, que, embora fosse engenheiro calculista fora de série, se limitava aos cálculos — comparativamente, como Le Verrier diante de Laplace ou Newton.

Tal engenheiro era também um homem criativo, um inventor, original — o que mal não fazia —, do tipo que às vezes encontramos na engenharia de pontes, mas que era figura rara na engenharia de minas. Ele tinha um jeito todo particular de dizer as coisas, especialmente engraçado. Quando conversava com amigos íntimos, mesmo ao falar de ciência, era com a fluidez de um moleque parisiense. Ele amava as palavras da linguagem popular, e as expressões às quais a moda tão depressa dera privilégios. Era de se supor que, nos momentos de abandono, sua linguagem se acomodaria muito mal nas fórmulas acadêmicas, e ele só se resignava a tal quando empunhava a pena. Era, ao mesmo tempo, um trabalhador aplicado, capaz

---

[1]. Associação estatal de engenheiros mineradores de altíssimo prestígio, atualmente ligada ao Ministério da Economia. [N. E.]

de passar dez horas a fio à escrivaninha, escrevendo páginas e páginas de álgebra como quem redige uma carta. Seu passatempo predileto, após passar o dia todo em trabalhos matemáticos, era o uíste, no qual era medíocre, embora calculasse todas as probabilidades. E, quando era a vez do "morto", dava para ouvi-lo gritar em latim macarrônico: "*Cadaveri poussandum est!*"

Esse personagem singular se chamava Alcide Pierdeux, e, pela mania de abreviar — comum, na verdade, entre todos os seus camaradas —, normalmente assinava Æıerd, ou até Æı, sem nunca colocar o ponto no i. Ele era tão ardente em discussão que fora apelidado de Alcide sulfúrico. Não só era grande, como também parecia alto. Seus camaradas afirmavam que o tamanho dele chegava a 1/5.000.000 do quarto do meridiano, ou seja, cerca de dois metros, e não estavam tão equivocados. Embora ele tivesse a cabeça um pouco pequena para o busto forte e os ombros largos, como a mexia com embalo e que olhar vívido escapava daqueles olhos azuis através do pincenê! O que o caracterizava era uma dessas fisionomias alegres, mas mesmo assim sérias, apesar do crânio já calvo pelo abuso dos símbolos algébricos sob a luz dos lampiões a gás das salas de estudo. Era assim o melhor aluno de que jamais se lembraram na Escola Politécnica e sem a menor sombra de pose. Embora ele tivesse um caráter bastante independente, também sempre se submetera às regras do Código X, que serve de lei entre os alunos da Politécnica em tudo que trata da camaradagem e do respeito ao uniforme. Ele também era apreciado sob as árvores do pátio das "Acas", que levava esse nome por não ter acácias, e nos "casers", os dormitórios onde a organização da mobília e a ordem que reinava em seu "coffin" denotavam uma alma inteiramente metódica.

Que a cabeça de Alcide Pierdeux parecesse um pouco pequena no topo do corpanzil, pode até ser! De todo modo, estava cheia até as meninges, não havia dúvida. Acima de tudo, ele era matemático como todos os camaradas foram ou são; porém, só fazia matemática para aplicá-la às ciências experimentais, que, por sua vez, só tinham charme a seu ver por serem utilizadas na indústria. Aquele lado de sua natureza, ele reconhecia, era inferior. Ninguém é perfeito. Em suma, sua especialidade era o estudo das ciências que, apesar dos imensos progressos, continuam a ter e sempre terão segredos para seus adeptos.

Mencionemos de passagem que Alcide Pierdeux era solteiro. Como sempre dizia, ainda era "igual a um", embora seu maior desejo fosse dobrar-se. Portanto, os amigos dele já tinham pensado em casá-lo com uma moça encantadora, alegre, espirituosa, uma provençal de Martigues. Infelizmente, o pai da moça respondeu às primeiras investidas com a seguinte "martigalada":

— Não, seu Alcide é inteligente demais! Ele irá manter com minha pobrezinha conversas que ela não compreenderá!

Como se os verdadeiros inteligentes não fossem modestos e simples!

Foi por isso que, muito decepcionado, nosso engenheiro decidiu colocar entre si e a Provença certa extensão marítima. Ele pediu um ano sabático, o obteve e decidiu que o melhor jeito de usá-lo seria acompanhando a questão da North Polar Practical Association. Foi por isso que, naquela época, ele se encontrava nos Estados Unidos.

Portanto, desde que Alcide Pierdeux chegara a Baltimore, aquela enorme operação de Barbicane & Cia. o atiçava sem cessar. Ele nem se incomodava que a Terra se tornasse jupiteriana por uma alteração do eixo! Porém, o método para tal era o que instigava sua curiosidade de estudioso — com bom motivo.

"Cá está o *canisdentum*!"

Em sua linguagem pitoresca, ele dizia:

— É evidente que o presidente Barbicane está se preparando para meter na nossa bolota uma bofetada das maiores! Como e em que sentido? Está tudo aqui! Vixe Maria! Imagino que ele vá bater de canto, como se faz no bilhar quando a gente quer dar efeito à bola! Se viesse de cara, ela ia escapulir da órbita, e para o beleléu os anos atuais, que mudariam com tudo. Não! Essa gente decerto só quer substituir o antigo eixo por um novo! Disso, não tenho dúvida. Mas não sei bem onde vão se apoiar nem que impacto causarão por fora! Ah! Se não existisse o movimento diurno, bastaria um peteleco! Mas o movimento diurno existe! Não dá para suprimir esse movimento! Cá está o *canisdentum*!

Era o jeito desse espantoso Pierdeux de dizer *"chiendent"*, termo francês para uma grande dificuldade.

— Seja como for — acrescentou —, como quer que façam, vai dar numa reviravolta geral!

No fim das contas, pensar assim era dar murro em ponta de faca, e ele nem concebia qual seria o procedimento imaginado por Barbicane e Maston. Era uma pena, pois, se soubesse tal processo, sem demora deduziria as fórmulas mecânicas.

Foi por isso que, em 29 de dezembro, Alcide Pierdeux, engenheiro no departamento nacional francês de minas, atravessava, pelo compasso um tanto aberto das pernas compridas, as ruas movimentadas de Baltimore.

10
EM QUE DIVERSAS PREOCUPAÇÕES COMEÇAM A SURGIR AOS POUCOS

Um mês se passou desde a assembleia geral no salão do Gun Club. Durante esse período, a opinião pública mudou de forma bem perceptível. As vantagens da alteração do eixo de rotação foram esquecidas. Já as desvantagens começaram a ser notadas nitidamente. Era impossível que não houvesse uma catástrofe, pois a mudança provavelmente seria causada por um tremor violento! Que catástrofe seria, não dava para saber! E quanto à melhora no clima, seria desejável? Na realidade, apenas os inuítes, os sámis, os samoiedos e os chukchis sairiam ganhando, pois não tinham nada a perder.

Era preciso, no momento, escutar os emissários europeus discursarem contra a obra do presidente Barbicane! Para começo de conversa, eles tinham transmitido relatórios aos respectivos governos, tinham usado os cabos submarinos para a circulação incessante de comunicação, feito perguntas e recebido instruções! Ora, sabemos bem quais foram! Sempre compostas segundo as fórmulas da arte diplomática, com suas reservas engraçadas: "Seja bem enérgico, mas não comprometa o governo! Aja com determinação, mas não mexa no *status quo*!"

Enquanto isso, o major Donellan e seus colegas não paravam de protestar em nome de seus países ameaçados — e, sobretudo, do antigo continente.

— Na realidade — disse o coronel Boris Karkof —, é evidente que os engenheiros americanos tomaram medidas para poupar, dentro do possível, os territórios dos Estados Unidos das consequências do impacto!

— Mas seria possível? — retrucou Jan Harald. — Ao sacudir uma oliveira na colheita de azeitonas, os galhos não balançam todos?

— E ao levar um soco no peito — acrescentou Jacques Jansen —, seu corpo não treme inteiro?

— Então era isso que queria dizer aquela famosa cláusula do documento! — exclamou Dean Toodrink. — Era por isso que mencionava modificações geográficas ou meteorológicas na superfície do globo!

— Pois é! — concordou Eric Baldenak. — E o que devemos temer é que a mudança do eixo derrame os mares para fora das bacias naturais...

— Se o nível do mar baixar em pontos diferentes — observou Jacques Jansen —, será que isso não tornaria impossível a comunicação de certos habitantes com seus semelhantes, já que aqueles estarão em alturas imensas?

— Isso se não forem elevados a camadas de densidade tão fraca que o ar não será suficiente pra respirar! — disse ainda Jan Harald.

— Imaginem só, Londres na altura do Mont Blanc! — exclamou o major Donellan.

De pernas abertas e cabeça jogada para trás, o cavalheiro olhava para o zênite, como se a capital do Reino Unido tivesse se perdido nas nuvens.

Em suma, constituía um perigo público, tão preocupante que já apresentavam quais seriam as consequências da modificação do eixo terrestre.

Não se tratava de nada menos do que uma alteração de 23 graus e 28 minutos, alteração que deveria causar um deslocamento considerável dos mares devido ao achatamento da Terra nos antigos polos. A Terra estaria, então, ameaçada de revolvimentos semelhantes aos que acreditamos constatar na superfície de Marte há pouco? Lá, continentes inteiros, dentre eles a Líbia de Schiaparelli, foram submersos — é o que indica o matiz azul-escuro, que substituiu o avermelhado! Lá, o lago Moeris desapareceu! Lá, 600 mil quilômetros quadrados foram modificados ao norte, enquanto, ao sul, os oceanos abandonaram as amplas regiões que antes ocupavam! E, enquanto algumas almas caridosas se preocuparam com os "inundados de Marte" e propuseram arrecadar dinheiro para doação, o que aconteceria quando precisassem preocupar-se com os inundados da Terra?

Os protestos começaram então a ser escutados por todos os cantos, e o governo dos Estados Unidos foi convocado a refletir. Pensando bem, era melhor nem tentar o experimento do que se expor às catástrofes que sem dúvida reservava. O Criador fizera tudo direito. Não havia necessidade de mexer em sua obra com aquela mão temerária.

E era para acreditar? Só gente muito leviana brincaria com coisas tão graves!

— Imaginem só esses ianques! — insistiram. — Espetar a Terra em outro eixo! Se, pelo menos, depois de girar assim por milhões de séculos, ela tivesse gastado o eixo pelo atrito do mancal, talvez fosse oportuno mudá-lo, como se troca a haste de uma roda ou de uma polia! Mas o eixo não continua em perfeito estado, como nos primeiros dias da criação?

O que responder a isso?

Em meio a tantas recriminações, o engenheiro Alcide Pierdeux buscava adivinhar quais seriam a natureza e a direção do impacto imaginado por J. T. Maston, assim como o ponto preciso do globo em que ocorreria. Quando dominasse esse segredo, ele reconheceria que partes do planeta estariam ameaçadas.

Já foi mencionado que os terrores do Velho Mundo não poderiam ser partilhados pelo Novo Mundo — ao menos, pela porção compreendida na categoria América do Norte, a qual pertence, mais particularmente, à confederação americana. Afinal, seria admissível que o presidente Barbicane, o capitão Nicholl e J. T. Maston, sendo americanos, nem tivessem pensado em preservar os Estados Unidos das emersões ou imersões que a mudança do eixo causaria em pontos variados da Europa, da Ásia, da África e da Oceania? Ou se é ianque ou não, e os três eram, em ultimíssimo grau, ianques "até o último fio do cabelo", como Barbicane fora descrito ao desenvolver o projeto de viagem à Lua.

Claro, toda a América contida entre as terras árticas e o golfo do México não teria nada a temer do impacto previsto. Era provável até que a América desfrutasse de um crescimento considerável de território. Inclusive, nas bacias abandonadas pelos dois oceanos que a banhavam, quem sabe não encontrariam províncias a anexar, numerosas como as estrelas que a bandeira já expunha sob as dobras do tecido?

— Sem dúvida! Mas — disseram os mais ansiosos, que veem sempre o lado perigoso de tudo — dá para ter certeza? E se J. T. Maston tiver se equivocado nos cálculos? E se o presidente Barbicane cometer um erro ao colocá-los em prática? Pode acontecer até com os artilheiros mais experientes! Eles nem sempre acertam a bala no alvo nem a bomba no tonel!

O presidente Barbicane já não estava.

Dá para imaginar que essas preocupações eram estimuladas com todo o cuidado pelos emissários das potências europeias. O secretário Dean Toodrink publicou diversos artigos com esse teor, e outros ainda mais violentos, no *Standard*; Jan Harald, no jornal sueco *Aftenbladet*; e o coronel Boris Karkof, no jornal russo de grande circulação *Novoye Vremya*. Mesmo na América, as opiniões se dividiam. Enquanto os republicanos, liberais, permaneceram partidários do presidente Barbicane, os democratas, conservadores, se declararam contra ele. Parte da imprensa americana, em especial o *Boston Journal*, o *Tribune* de Nova York etc., fizeram coro com a imprensa europeia. Nos

Estados Unidos, desde a organização da Associated Press e da United Press, o jornal se tornou um agente formidável de informações, pois o valor movimentado pelas notícias, locais ou estrangeiras, ultrapassa anualmente, por muito, a quantia de 20 milhões de dólares.

Em vão, outros periódicos — e não menos difundidos — tentaram responder a favor da North Polar Practical Association. Em vão, a sra. Evangelina Scorbitt pagou, por dez dólares a linha, por reportagens aprofundadas, ensaios fantasiosos e piadas espirituosas, em que se fazia jus aos perigos que consideravam tão quiméricos! Em vão, a ardente viúva tentou demonstrar que a hipótese mais injustificada era a de que J. T. Maston cometesse um erro de cálculo! Por fim, a América, tomada pelo medo, aos poucos tendeu ao uníssono quase completo com a Europa.

De resto, nem o presidente Barbicane, nem o secretário do Gun Club, nem mesmo os membros do conselho administrativo se deram ao trabalho de responder. Só deixaram o povo falar, sem mudar em nada seus hábitos. Nem parecia que estavam absortos nos imensos preparativos que uma operação tamanha deveria exigir. Será que se preocupavam com a reviravolta da opinião pública, com a desaprovação geral que se acentuava contra o projeto antes acolhido com entusiasmo? Parecia que não.

Logo, apesar da devoção da sra. Evangelina Scorbitt e das quantias que consagrou àquela defesa, o presidente Barbicane, o capitão Nicholl e J. T. Maston passaram ao estado de figuras perigosas para a segurança do mundo todo. As potências europeias cobraram oficialmente que o governo federal interviesse na questão e interrogasse seus promotores. Estes deveriam revelar seus métodos e declarar o procedimento que substituiria um eixo por outro — o que possibilitaria deduzir as consequências do ponto de vista da segurança geral e, enfim, que partes do globo seriam ameaçadas. Em suma, deveriam informar tudo que o público preocupado não soubesse e tudo que a prudência desejasse saber.

O governo de Washington nem pensou duas vezes. A emoção, que tomara os estados da república de norte a sul, não permitia hesitação. Uma comissão de inquérito, composta por mecânicos, engenheiros, matemáticos, hidrógrafos e geógrafos, totalizando cinquenta especialistas e presidida pelo célebre John Prestice, foi instituída por decreto no 19 de fevereiro, com plenos poderes de prestar contas da operação e, se necessário, proibi-la.

De início, o presidente Barbicane foi convocado a comparecer diante da comissão.

O presidente Barbicane não foi.

Agentes foram buscá-lo em sua residência, na Cleveland Street, 95, em Baltimore.

O presidente Barbicane já não estava.

Onde estava?

Não se sabia.

Quando partira?

Cinco semanas antes, no dia 11 de janeiro, ele havia saído da maior cidade de Maryland, e do estado de Maryland em si, acompanhado pelo capitão Nicholl.

Onde estavam os dois?

Ninguém sabia.

Ficou claro que os dois membros do Gun Club estavam a caminho da região misteriosa onde começariam os preparativos sob sua direção.

Mas que lugar seria?

Entende-se que o interesse em sabê-lo era alto, se quisessem cortar pela raiz o plano dos engenheiros perigosos enquanto ainda desse tempo.

A decepção causada pela partida do presidente Barbicane e do capitão Nicholl foi enorme. Logo se formou um fluxo de raiva, crescendo como a maré do equinócio, contra os administradores da North Polar Practical Association.

Porém, um homem deveria saber onde estavam o presidente Barbicane e seu colega. Um homem poderia responder sem deixar dúvidas à gigantesca interrogação que pairava sobre o globo.

Tal homem era J. T. Maston.

J. T. Maston foi convocado diante da comissão de inquérito, sob os cuidados de John Prestice.

J. T. Maston não apareceu.

Será que ele também tinha deixado Baltimore? Será que tinha se juntado aos colegas para auxiliá-los na obra cujos resultados o mundo inteiro aguardava com pavor compreensível?

Não! J. T. Maston ainda morava em Ballistic Cottage, na Franklin Street, 109, onde trabalhava sem parar, já mergulhado em outros cálculos, e só interrompia suas atividades para algumas noites nos salões da sra. Evangelina Scorbitt no suntuoso paço de New Park.

Um agente foi, então, despachado pelo presidente da comissão, com ordens de buscá-lo.

O homem chegou à casa, bateu na porta, entrou no saguão, foi mal recebido pelo criado Fire-Fire e pior ainda pelo senhor da morada.

Ainda assim, J. T. Maston acreditou-se obrigado a comparecer à convocação e, quando se viu na presença dos comissários, não dissimulou que era um incômodo tremendo interromper suas ocupações típicas.

Uma primeira pergunta lhe foi feita: o secretário do Gun Club sabia onde se encontravam o presidente Barbicane e o capitão Nicholl?

— Sei — respondeu J. T. Maston, firme —, mas não creio estar autorizado a dizer.

Segunda pergunta: seus dois colegas estavam ocupados com os preparativos necessários para a operação de mudança do eixo terrestre?

— Isso — respondeu J. T. Maston — é parte do segredo que sou obrigado a guardar, e me recuso a responder.

Ele poderia, então, informar seu trabalho à comissão de inquérito, que julgaria se era possível deixá-lo levar a cabo os projetos da associação?

— Não informarei, não, de modo algum! Prefiro até destruí-lo! É meu direito, como cidadão livre da América livre, não informar a ninguém o resultado de meu trabalho!

— Porém, embora seja esse seu direito, sr. Maston — disse o presidente Prestice com gravidade, como se respondesse em nome do mundo inteiro —, não acha que é seu dever se pronunciar, considerando a comoção geral, a fim de acabar com o alvoroço da população terrestre?

J. T. Maston não achava. Ele tinha apenas um dever: calar-se. E se calaria.

Apesar da insistência, das súplicas e das ameaças, os membros da comissão de inquérito não arrancaram nada do homem de gancho de ferro. Nunca, nunca mesmo, se imaginaria que uma cabeça tão dura fosse compatível com um crânio de borracha!

J. T. Maston foi embora como chegara, e nem é preciso enfatizar que foi parabenizado pela sra. Evangelina Scorbitt pela valentia.

Quando se soube o resultado do comparecimento de J. T. Maston diante da comissão de inquérito, a indignação pública tomou uma proporção de fato alarmante para a segurança do artilheiro aposentado. A pressão sobre o alto escalão do governo federal foi tanta, de tão violenta a intervenção dos emissários europeus e da opinião pública, que o ministro de Estado,

John S. Wright, precisou pedir aos colegas a autorização para agir *manu militari*.

Na noite de 13 de março, J. T. Maston estava no escritório de Ballistic College, absorto nos números, quando o timbre febril do telefone ressoou.

— Alô! Alô! — murmurou a placa, agitada por um tremor que denunciava preocupação extrema.

— Quem fala? — perguntou J. T. Maston.

— A sra. Scorbitt.

— O que a senhora deseja?

Em um instante, Maston foi desarmado.

— Tome cuidado! Fui informada de que, ainda esta noite...

A frase ainda nem entrara nos ouvidos de J. T. Maston quando a porta de Ballistic Cottage foi grosseiramente arrombada à força.

Na escada que levava ao escritório, um tumulto extraordinário. Uma voz se opunha. Outras vozes tentavam calá-la. Enfim, o baque de um corpo caído.

Era o criado Fire-Fire, que rolava escada abaixo após, em vão, tentar defender a *home* de seu senhor contra os invasores.

Após um instante, derrubaram a porta do escritório, e um policial surgiu, acompanhado por um esquadrão.

O policial recebera ordens de conduzir uma visita domiciliar, apreender os documentos de J. T. Maston e de capturar o dito-cujo.

O fervoroso secretário do Gun Club empunhou um revólver e ameaçou o esquadrão com um disparo sêxtuplo.

Em um instante, graças ao volume de gente, ele foi desarmado, e a polícia saqueou as folhas cobertas de fórmulas e números que enchiam a mesa.

De repente, escapando por um movimento brusco, J. T. Maston conseguiu recuperar um caderno, que provavelmente continha os cálculos reunidos.

Os agentes se jogaram nele para arrancá-lo — nem que custasse sua vida...

Porém, num instante, J. T. Maston conseguiu abrir o caderno, rasgar a última página e, sem demora, engoli-la como uma simples pílula.

— Quero ver pegar agora! — berrou ele, no tom de Leônidas diante dos termópilas.

Uma hora depois, J. T. Maston estava encarcerado na penitenciária de Baltimore.

Sorte a dele, sem dúvida, pois a população teria se voltado contra ele em nível tão excessivo — e infeliz — que a polícia não teria como resguardar sua integridade.

Um complexo trabalho de mecânica.

11
O QUE SE ENCONTRA NO CADERNO DE J. T. MASTON E O QUE NÃO SE ENCONTRA MAIS

O caderno apreendido pela polícia de Baltimore era composto de cerca de trinta páginas riscadas por fórmulas, equações e números que constituíam os cálculos de J. T. Maston. Era um trabalho de mecânica complexo, entendido apenas por matemáticos. Figurava ali até a equação *vis viva*, que se encontrava precisamente no problema de *Da Terra à Lua*, onde continha as expressões relativas à atração lunar:

$$v^2 - v_0^2 = 2gr_0^2 \left(\frac{1}{r} - \frac{1}{r_0} \right)$$

Ou seja, os leigos não entenderiam absolutamente nada, de modo que pareceu adequado explicar-lhes os dados e resultados que causavam preocupação tão vívida no mundo todo fazia já algumas semanas.

Foi isso o publicado nos jornais, assim que os especialistas da comissão de inquérito tomaram conhecimento das fórmulas do célebre engenheiro. Todos os periódicos, sem distinção de partido, levaram esse conhecimento à população.

A princípio, não havia o que discutir no trabalho de J. T. Maston. Dizem que um bom enunciado resolve metade do problema, e o enunciado em vista era excepcional. Os cálculos também foram feitos com precisão demais para que a comissão ousasse duvidar de sua correção e consequências. Se a operação fosse levada ao fim, o eixo terrestre seria invariavelmente modificado, e as catástrofes previstas se dariam plenamente.

Nota redigida aos cuidados da comissão de inquérito de Baltimore, para comunicação aos jornais e revistas do mundo inteiro.

"O efeito buscado pelo conselho administrativo da North Polar Practical Association, que tem o objetivo de substituir o eixo de rotação, é obtido por meio do recuo de uma máquina fixa em determinado ponto da Terra. Se o cano da arma for firmemente soldado ao chão, não há dúvida de que comunicará seu recuo à massa do planeta inteiro.

"A máquina adotada pelos engenheiros da associação é um canhão monstruoso, cujo efeito seria nulo se atirado em posição vertical. Para produzir o efeito máximo, é preciso apontá-lo horizontalmente para o norte ou para o sul, e a direção escolhida por Barbicane & Cia. foi esta última. Em tais condições, o recuo produz um choque na Terra dirigido ao norte — semelhante àquele transmitido a uma bola de bilhar acertada de lado."

Era verdade o que o perspicaz Alcide Pierdeux supusera!

"Quando o tiro é disparado, o centro da Terra se desloca em direção paralela àquela do choque, o que pode modificar o plano da órbita e, por consequência, a duração do ano, mas em grau tão baixo que deve ser considerado irrelevante. Ao mesmo tempo, a Terra assume um movimento de rotação ao redor de um eixo situado no plano do Equador, e a rotação se completaria indefinidamente nesse novo eixo, se o movimento diurno não existisse antes do choque.

"Ora, esse movimento existe ao redor da linha dos polos e, combinado com a rotação acessória produzida pelo recuo, dá origem a um novo eixo, cujo polo se afasta do antigo por uma quantidade x. Ademais, se o tiro for disparado no momento em que o ponto vernal — uma das duas interseções do Equador com a eclíptica — estiver no nadir do ponto do tiro, e se o recuo for forte o suficiente para deslocar o antigo polo em 23º 28', o novo eixo terrestre se torna perpendicular ao plano da órbita, aproximadamente como ocorre no planeta Júpiter.

"Sabemos as consequências dessa perpendicularidade, que o presidente Barbicane acreditou dever indicar na sessão de 22 de dezembro.

"Porém, considerando a massa da Terra e a quantidade de movimento que possui, podemos conceber um canhão tamanho que seu recuo seja capaz de produzir uma modificação no posicionamento do polo atual, especialmente no valor de 23º 28'?

"Sim, se um canhão, ou uma série de canhões, for(em) construído(s) com as dimensões exigidas pelas leis da mecânica, ou, na falta dessas dimensões, se os inventores tiverem em mãos um explosivo de potência considerável o suficiente para imprimir ao projétil a velocidade necessária para tal deslocamento.

"Ao utilizar como modelo o canhão de 27 centímetros da Marinha francesa (modelo 1875), que lança um projétil de 180 quilogramas com a velocidade de quinhentos metros por segundo, e dar a essa arma dimensões cem vezes maior, ou seja, um aumento de um milhão de vezes no volume, ela lançaria um projétil de 180 mil toneladas. Se, além disso, a pólvora tivesse potência suficiente para dar ao projétil a velocidade 5.600 vezes maior do que a da pólvora de canhão comum, o resultado desejado seria obtido. Na realidade, na velocidade de 2.800 quilômetros por segundo, não há por que temer que o choque do projétil, ao voltar à Terra, devolva as coisas ao estado inicial.

"Enfim, infelizmente para a segurança terrestre, e por mais extraordinário que possa parecer, J. T. Maston e seus colegas têm em mãos precisamente esse explosivo de potência quase infinita, que não se compararia nem à pólvora empregada para disparar o projétil do canhão à Lua. Foi o capitão Nicholl que o descobriu. As substâncias envolvidas na composição se encontram apenas em anotações imprecisas no caderno de J. T. Maston, que se limita a descrever o explosivo pelo nome de 'misturebite'.

"Sabemos apenas que é formada pela reação de uma 'mistureba' (sic) de substâncias orgânicas e ácido nítrico. Uma determinada quantidade de radicais monovalentes

$$-Az\genfrac{}{}{0pt}{}{=O}{=O}$$

aparece na mesma quantidade dos átomos de hidrogênio, e daí se obtém um explosivo que, como o algodão-pólvora, é formado pela combinação e não pela simples mistura dos princípios comburentes e combustíveis.

"Em suma, qualquer que seja este explosivo, com a potência que possui, mais do que suficiente para arrancar um projétil de 180 mil toneladas da atração terrestre, é evidente que o recuo que transmitirá ao canhão terá os efeitos seguintes: mudança do eixo, deslocamento do polo em 23º 28', perpendicularidade do novo eixo no plano da eclíptica. Daí, todas as catástrofes tão corretamente temidas pelos habitantes da Terra.

"Entretanto, há ainda uma chance de a humanidade escapar das consequências de uma operação que deve provocar tais modificações nas condições geográficas e climatológicas do globo terrestre.

"É possível fabricar um canhão cujo volume seja um milhão de vezes maior do que o de 27 centímetros? Apesar do progresso da indústria metalúrgica, que construiu as pontes de Tay e Forth, o viaduto de Garabit e a torre Eiffel, é admissível que engenheiros produzam esse aparelho gigantesco, sem nem falar do projétil de 180 mil toneladas que deverá ser jogado no espaço?

"Há motivo para dúvida. É essa, claro, uma das razões para o experimento de Barbicane & Cia. ter boas chances de fracassar. Porém, ainda deixa aberta a possibilidade de várias eventualidades bem preocupantes, pois parece que a nova associação já iniciou os trabalhos.

"Até onde sabemos, Barbicane e Nicholl partiram de Baltimore, até da América. Partiram há mais de dois meses. Aonde foram? Decerto, ao lugar desconhecido no globo onde devem dispor de tudo para o experimento.

"Que lugar seria esse? Não sabemos, e, por consequência, é impossível perseguir os ousados 'delinquentes' (*sic*) que pretendem virar o mundo do avesso sob pretexto de explorar, em benefício próprio, novas minas de carvão.

"Evidentemente, há certeza de que o lugar em questão estava indicado no caderno de J. T. Maston, na última página, que resumia o trabalho. Porém, a última página foi rasgada a dentes pelo cúmplice de Impey Barbicane, e o referido cúmplice, agora encarcerado na penitenciária de Baltimore, se recusa a se pronunciar.

"A situação é a seguinte: se o presidente Barbicane for capaz de fabricar o canhão monstruoso e o projétil — em suma, se a operação for conduzida nas condições supracitadas —, ele modificará o antigo eixo e, em seis meses, a Terra será submetida às consequências desse experimento imperdoável.

"Uma data foi escolhida para que o tiro tenha o efeito pleno e inteiro, data em que o choque transmitido ao elipsoide terrestre terá o máximo de intensidade.

"É o dia 22 de setembro, doze horas após a passagem do Sol no meridiano do local x.

"Sabendo-se as seguintes circunstâncias: 1. que o tiro se operará com um canhão um milhão de vezes maior do que aquele de 27 centímetros; 2. que o canhão será carregado de um projétil de 180 mil toneladas; 3. que o projétil será animado de uma velocidade inicial de 2.800 quilômetros; 4. que o disparo ocorrerá em 22 de setembro, doze horas após a passagem do Sol pelo meridiano... podemos deduzir, a partir daí, qual é o local x em que se dará o experimento?

"É evidente que não!, foi a resposta da comissão de inquérito.

"Efetivamente, nada permite o cálculo do ponto x, pois, no trabalho de J. T. Maston, nada indica por que local do globo passará o novo eixo, ou, em outras palavras, onde estarão situados os novos polos da Terra. A 23° 28', sim, mas é impossível determinar o meridiano.

"Portanto, é impossível identificar quais territórios se rebaixarão ou elevarão em consequência do desnível dos oceanos, que terras serão transformadas em mar, e que mares, em terra.

"Entretanto, o desnível será bem considerável, como referido nos cálculos de J. T. Maston. Após o impacto, a superfície do mar tomará a forma de um elipsoide de revolução ao redor do novo eixo polar, e o nível da camada líquida mudará em quase todos os pontos do globo.

"Na realidade, a interseção do antigo nível do mar e do novo — duas superfícies de revolução iguais cujos eixos se encontram — será composta por duas curvas planas, cujos planos passarão por uma perpendicular ao plano dos dois eixos polares e respectivamente pelas duas bissetrizes do ângulo dos dois eixos polares. (*Texto diretamente retirado do caderno do engenheiro calculista.*)

"Daí, conclui-se que o máximo do desnível pode atingir uma elevação ou um rebaixamento de 8.415 metros em relação ao nível antigo e que, em certos pontos do globo, territórios diversos se abaixarão ou elevarão nessa quantidade em relação ao novo. Essa quantidade diminuirá aos poucos até as linhas de demarcação, dividindo o mundo em quatro segmentos, em cujos limites o desnível se tornará nulo.

"Vale também notar que o antigo polo será submerso por mais de 3.000 metros de água, pois se encontra em menor distância do centro da Terra devido ao achatamento do esferoide. Portanto, o terreno adquirido pela North Polar Practical Association seria inundado e, por consequência, deixaria de ser explorável. Porém, esse caso foi previsto por Barbicane & Cia., e condições geográficas deduzidas das últimas descobertas possibilitam concluir a existência, no polo Norte, de um planalto cuja altitude é superior a 3.000 metros.

"Quanto aos pontos do globo cujo desnível atingirá 8.415 metros e, por consequência, aos territórios que sofrerão suas consequências desastrosas, nem adianta tentar determiná-los.

Nem os calculistas mais engenhosos seriam capazes. Há, nessa equação, uma incógnita que nenhuma fórmula será capaz de decifrar. É a situação precisa do ponto x onde ocorrerá o tiro e, por consequência, o choque... O x é o segredo dos promotores dessa situação deplorável.

O nível da camada líquida mudará.

"Então, resumindo, os habitantes da Terra, em qualquer latitude em que vivam, têm interesse direto nesse segredo, pois sofrem ameaças imediatas das ações de Barbicane & Cia.

"Assim, alertamos aos habitantes da Europa, da África, da Ásia, da América, da Australásia e da Oceania que se atentem a qualquer obra de balística, como a fundição de canhões e a fabricação de pólvoras ou projéteis, que possa ser empreendida em seus territórios, que também observem a presença de qualquer estrangeiro cuja chegada pareça suspeita e de informar imediatamente os membros da comissão de inquérito em Baltimore, Maryland, Estados Unidos.

"Oremos para que essa revelação nos chegue antes do dia 22 de setembro do ano presente, que ameaça perturbar a ordem estabelecida no planeta Terra."

12

EM QUE J. T. MASTON CONTINUA HEROICAMENTE CALADO

Assim, após o canhão para disparar um projétil da Terra à Lua, vem o canhão para modificar o eixo terrestre! O canhão! Sempre o canhão! Esses artilheiros do Gun Club não pensam lá em outra coisa, não? Sofrem todos da "febre do canhão"? Consideram o canhão a *ultima ratio* deste mundo? Tal máquina brutal é soberana do universo? Assim como o direito canônico rege a teologia, o rei canhônico é o regulador supremo da indústria e da cosmologia?

Pois sim! Devemos admitir que o canhão era a ferramenta que ocorria ao presidente Barbicane e aos colegas. Ninguém sai impune de consagrar a vida toda à balística. Após o canhão *Columbiad* da Flórida, chegariam ao canhão monstruoso de... x! E dá para ouvi-los gritar, com a voz retumbante:

— Apontar para a Lua! Primeiro tiro... Fogo!

— Mudar o eixo da Terra... Segundo tiro... Fogo!

Aguardando o comando que o universo queria tanto lançar:

— Para Charenton! Terceiro tiro... Fogo!

Na verdade, a operação justificava bem o título dessa obra! Seria equivalente chamá-la de *Fora dos eixos*, e, como diria Alcide Pierdeux, aconteceria uma "reviravolta geral"!

De qualquer modo, a publicação da nota redigida pela comissão de inquérito teve um efeito incalculável. Convenhamos que o que ela dizia não deixava ninguém tranquilo. O resultado dos cálculos de J. T. Maston era a solução do problema mecânico em todas as frentes. A operação, tentada pelo presidente Barbicane e pelo capitão Nicholl, estava claríssimo, causaria uma modificação das mais lamentáveis no movimento de rotação diurno. Um novo eixo substituiria o antigo... E já sabemos que consequências tal substituição teria.

A obra de Barbicane & Cia. foi julgada, insultada, denunciada à reprovação geral. No mundo inteiro, os membros do conselho administrativo da North Polar Practical Association só encontraram adversários. Se lhes restavam partidários entre as cabeças quentes dos Estados Unidos, estes eram raros.

Sinceramente, do ponto de vista da segurança pessoal, o presidente Barbicane e o capitão Nicholl tinham sido sábios ao deixar Baltimore e a América. Temos base para acreditar que uma tragédia lhes teria acometido. Não é impunemente que se pode ameaçar em massa 1.400.000.000 de habitantes, perturbar todos os seus hábitos por uma mudança causada nas condições de habitabilidade da Terra e inquietá-los de modo existencial com a provocação de uma catástrofe de abalar o globo.

Agora, como os dois colegas do Gun Club tinham desaparecido sem deixar rastros? Como o material e o pessoal necessários para tamanha operação tinham partido sem ninguém perceber? Nem centenas de vagões, se fosse por ferrovia, nem centenas de navios, se fosse por mar, bastariam para transportar o carregamento de metal, carvão e misturebite. Era incompreensível que tal viagem pudesse ocorrer em segredo. Porém, era o caso. Ademais, após uma investigação dedicada, confirmou-se que nenhuma encomenda fora feita às usinas metalúrgicas nem às fábricas de produtos químicos do mundo. Era inexplicável! Mas, sem dúvida, um dia se explicaria.

Enquanto o presidente Barbicane e o capitão Nicholl, misteriosamente desaparecidos, estavam protegidos do perigo imediato, seu colega J. T. Maston, justamente trancafiado, podia temer todas as represálias públicas. Ah! Ele não estava nem aí! Que teimoso admirável era o matemático! Tratava-se de um homem de ferro, como seu antebraço, e não cederia por nada.

Do fundo da cela que ocupava na penitenciária de Baltimore, o secretário do Gun Club se arrebatava cada vez mais com a contemplação distante dos colegas que não pudera acompanhar. Ele evocava a visão do presidente Barbicane e do capitão Nicholl, preparando a operação gigantesca naquele ponto desconhecido do globo, onde não seriam incomodados por ninguém. Ele os via fabricar o aparelho enorme, combinar a misturebite e fundir o projétil que o Sol logo contaria como um de seus astros menores! O novo astro teria o simpático nome de Scorbetta, prova de galanteio e estima pela rica capitalista de New Park. E J. T. Maston avaliava todos os dias, curtos demais, a seu ver, que o separavam da data marcada para o tiro.

Já era início de abril. Dali a dois meses e meio, o astro diurno, após parar no solstício no Trópico de Câncer, voltaria, retrógrado, para o Trópico de Capricórnio. Três meses depois, atravessaria a linha equatorial no equinócio de outono. Então, acabariam as estações que, por milhões de séculos, se alternavam com tamanha regularidade e simplicidade ao longo de cada ano terrestre. Pela última vez, no ano 189-, o esferoide seria submetido a essa desigualdade de dias e noites. Dali em diante, a mesma quantidade de horas separaria o nascer e o pôr do sol em qualquer parte do globo.

Na verdade, era uma obra magnífica, sobre-humana, divina! J. T. Maston, esquecendo o território ártico e a exploração das minas de carvão do antigo polo, via apenas as consequências cosmográficas da operação. O objetivo principal da nova associação se perdia em meio às transformações que iam mudar a face do mundo.

Mas eis que o mundo não queria mudar de face. Afinal, era sempre jovem aquela face que Deus lhe dera nas primeiras horas da criação!

J. T. Maston, sozinho e indefeso no fundo da cela, resistia sem cessar às pressões que tentavam exercer sobre ele. Os membros da comissão de inquérito iam visitá-lo dia após dia, sem resultado. Foi então que John Prestice teve a ideia de utilizar uma influência que talvez fosse mais eficiente: a da sra. Evangelina Scorbitt. Todos sabiam da devoção da qual a respeitável viúva era capaz quando se tratava das responsabilidades de J. T. Maston e que interesse ilimitado ela tinha pelo célebre engenheiro.

Assim, após deliberação dos comissários, a sra. Evangelina Scorbitt foi autorizada a visitar o prisioneiro sempre que quisesse. Afinal, ela própria não estava tão ameaçada quanto os outros habitantes do globo pelo recuo do canhão? Seu paço em New Park por acaso seria mais poupado pela catástrofe final do que a choupana do caçador mais humilde ou os abrigos dos indígenas das planícies? Sua existência não estava em risco, como a do último samoiedo ou do insulano mais escondido do Pacífico? Eis o que o presidente da comissão lhe explicou e por que rogou que ela usasse sua influência sobre J. T. Maston.

Se o secretário enfim se decidisse a falar, se dissesse onde o presidente Barbicane e o capitão Nicholl — e, decerto, a equipe volumosa que deveriam ter reunido — se ocupavam dos preparativos, ainda havia tempo de procurá-los, seguir seus rastros e acabar com as angústias, os pesadelos e os pavores da humanidade.

Assim, a sra. Evangelina Scorbitt teve acesso à prisão. O que ela desejava, acima de tudo, era encontrar J. T. Maston, arrancado do bem-estar de sua morada pelas mãos da polícia.

Porém, seria um erro acreditar que a energética Evangelina se entregaria às fraquezas humanas! Em 9 de abril, se alguma orelha indiscreta encostasse na porta da cela, durante a primeira visita da sra. Scorbitt, teria escutado o seguinte, com certa surpresa:

— Enfim, meu caro Maston, nos revemos!

— É a senhora, sra. Scorbitt?

— Sim, meu amigo, após quatro semanas, quatro longas semanas de separação...

— Exatamente 28 dias, cinco horas e 45 minutos — respondeu J. T. Maston, após consultar o relógio.

— Enfim, juntos!

— Mas como a deixaram vir até mim, cara sra. Scorbitt?

— Sob a condição de usar de minha influência pelo afeto ilimitado por aquele que a motiva!

— Como assim? Evangelina! — exclamou J. T. Maston. — Teria a senhora consentido em me dar esses conselhos?! Imagina que eu trairia meus colegas?!

— Eu? Caro Maston! Pensa mal assim de mim? Eu? Rogar que o senhor sacrifique sua segurança à sua honra? Eu? Encorajá-lo a um ato que seria a vergonha de uma vida inteiramente consagrada às especulações mais extremas da mecânica transcendental?

— Que alívio, sra. Scorbitt! Vejo na senhora a acionista generosa de nossa associação! Não, eu nunca duvidei de seu coração!

— Agradecida, caro Maston!

— Já eu, divulgar nossa obra, revelar em que ponto do globo ocorrerá o tiro prodigioso, vender, por assim dizer, o segredo que

tive o prazer de esconder nas profundezas de mim, permitir que esses bárbaros corram para lá e persigam nossos amigos, interromper o trabalho que será razão de nosso lucro e nossa glória... Prefiro morrer!

— Sublime, Maston! — respondeu a sra. Evangeline Scorbitt.

A verdade era que aquelas duas pessoas, unidas a um nível tão íntimo pelo mesmo entusiasmo — e também inconsequentes na mesma medida —, eram feitas uma para a outra.

— Não! Nunca saberão o nome do país que meus cálculos designaram e cuja fama se tornará imortal! — acrescentou J. T. Maston. — Que me matem, se assim quiserem, mas não arrancarão meu segredo!

— E que me matem junto! — gritou a sra. Evangelina Scorbitt.

— Também ficarei calada...

— Felizmente, cara Evangelina, eles não sabem que a senhora também detém o segredo.

— Caro Maston, pois o senhor acredita, por acaso, que eu seria capaz de entregá-lo, por ser apenas uma mulher? De trair o senhor e nossos amigos? Não, meu caro amigo. Não! Que esses filisteus ergam contra o senhor a população das cidades e dos campos, que o mundo inteiro irrompa pela porta desta cela para arrancá-lo, e daí? Estarei aqui, e teremos, ao menos, a consolação de morrermos juntos!

Se há qualquer consolação, será que J. T. Maston sonharia com uma mais doce do que a de morrer nos braços da sra. Evangelina Scorbitt?

Assim era o fim da conversa toda vez que a excelente senhora visitava o prisioneiro. Quando os comissários lhe interrogavam sobre o resultado, ela dizia:

— Nada, ainda! Talvez com o tempo eu obtenha uma resposta...

Ó, que astúcia a das mulheres!

J. T. Maston, no fundo da cela.

Com o tempo, ela dizia, mas o tal tempo avançava a passos largos. As semanas passavam como dias, os dias, como horas, as horas, como minutos!

Já era maio. A sra. Evangelina Scorbitt não obtivera nada de J. T. Maston, e onde aquela mulher tão influente fracassara não havia esperança de ninguém conseguir. Seria a hora de resignar-se a aguardar o choque horrível, sem a menor chance de impedi-lo?

Pois não! Em uma ocorrência dessas, a resignação é inaceitável! Portanto, os emissários das potências europeias ficaram mais obcecados do que nunca. Eles brigavam a todo instante com os membros da comissão de inquérito, que foram diretamente interpelados. Até o sereno Jacques Jansen, apesar da placidez holandesa, enchia os comissários de recriminações cotidianas. O coronel Boris Karkof chegou a um duelo com o secretário da comissão — no qual feriu o adversário apenas de leve. Quanto ao major Donellan, que não lutou com armas de fogo nem armas brancas — o que vai contra a prática britânica —, ao menos, auxiliado pelo secretário Dean Toodrink, trocou dúzias de socos de boxe regulamentar com William S. Forster, o impassível consignatário de bacalhau e testa de ferro da North Polar Practical Association, que, afinal, não sabia de nada.

O mundo inteiro se unia em complô para responsabilizar os Estados Unidos pelos atos de um de seus filhos mais gloriosos, Impey Barbicane. Falavam até de expulsar os embaixadores e ministros plenipotenciários, validados pelo governo imprudente de Washington, e de declarar guerra ao país.

Coitados dos Estados Unidos! Eles não paravam de pedir que se metessem na Barbicane & Cia. Em vão, respondiam que as potências da Europa, da Ásia, da África e da Oceania tinham carta branca para interrompê-los onde quer que se encontrassem, mas ninguém lhes dava ouvidos. E, até então, era impossível descobrir onde o presidente e seu colega se dedicavam a preparar a abominável operação.

A isso, as potências estrangeiras respondiam:

— Vocês capturaram J. T. Maston, o cúmplice! J. T. Maston sabe o que esperamos de Barbicane! Façam J. T. Maston falar!

Fazer J. T. Maston falar! Era mais fácil arrancar uma palavra da boca de Harpócrates, deus do silêncio, ou dos surdos da Instituição de Nova York.

Então, com o crescimento da exasperação e da preocupação universal, algumas almas práticas lembraram que a tortura na Idade Média tinha lá suas vantagens: o borzeguim do algoz jurado, as tenazes quentes nos mamilos, o chumbo fundido, tão soberano para soltar as línguas mais rebeldes, o óleo fervendo, o cavalete, a tortura da água, o polé etc. Por que não aproveitar esses meios que a justiça antiga não hesitaria em utilizar em circunstâncias infinitamente menos graves, e em casos particulares, que só indiretamente afetavam as massas?

Porém, é preciso reconhecer que esses métodos, que a moral de antigamente justificava, não cabiam mais ao fim de um século de doçura e tolerância; um século tão marcado por humanidade quanto aquele 19, caracterizado pela invenção do rifle de repetição, das balas de sete milímetros e das trajetórias de tensão inacreditável; um século que admite, nas relações internacionais, o uso de obus de melinite, roburite, belite, panclastite, meganite e tantas substâncias terminadas em ite, que, é verdade, não são nada se comparadas com a misturebite.

J. T. Maston, portanto, não devia temer um interrogatório, fosse ordinário ou extraordinário. Só se podia esperar que, ao compreender enfim a própria responsabilidade, ele talvez se decidisse a falar, ou, caso recusasse, que o acaso falasse por ele.

13

AO FIM DO QUAL J. T. MASTON DÁ UMA RESPOSTA VERDADEIRAMENTE ESPETACULAR

Enquanto isso, o tempo andava, e, ao que tudo indicava, andavam também os trabalhos que o presidente Barbicane e o capitão Nicholl cumpriam em condições tão surpreendentes — sabe-se lá onde.

Como era possível que uma obra daquelas, que exigia uma usina considerável, altos-fornos capazes de fundir tanto uma arma um milhão de vezes maior do que o canhão de 27 da Marinha quanto um projétil de 180 mil toneladas, que necessitava a contratação de milhares de operários, com transporte, e moradia, pois sim!, como era possível que uma obra daquelas ficasse escondida da atenção dos interessados? Em que parte do mundo Barbicane & Cia. se instalaram em segredo, sem que os povoados próximos vissem um sinal sequer? Seria uma ilha abandonada do Pacífico ou do Índico? Mas hoje não há mais nenhuma ilha deserta; foram todas ocupadas pelos ingleses. A menos que a nova associação tivesse descoberto alguma, precisamente? Quanto a considerar que fosse em algum ponto das regiões árticas ou antárticas, não! Seria anormal. Não era exatamente por ser impossível atingir aquelas latitudes que a North Polar Practical Association tentava deslocá-las?

Procurar o presidente Barbicane e o capitão Nicholl por entre as ilhas e os continentes, mesmo que apenas nas partes relativamente acessíveis, seria perda de tempo. O caderno apreendido no escritório do secretário do Gun Club não mencionava, afinal, que o tiro deveria ser disparado perto do Equador? Lá há regiões habitáveis, inclusive habitadas por homens civilizados. Portanto, se os artilheiros tivessem se instalado nas proximidades da linha do equinócio, não poderia ser na América, nem em toda a extensão do Peru e do Brasil, nem nas ilhas de Sonda, Sumatra e Bornéu, nem nas ilhas do mar de Celebes, nem na Nova-Guiné, onde uma operação daquelas não ocorreria sem que a população soubesse. Também era muito provável que não ficasse em segredo em todo o centro da África, através das regiões dos lagos, atravessada pelo Equador. Restavam, era verdade, as Maldivas no oceano Índico, as ilhas de Almirante, Gilbert, Christmas e Galápagos no Pacífico, San Pedro no Atlântico. Porém, as informações recolhidas em tais lugares não deram resultado. Assim, estavam todos limitados a vagas conjecturas, pouco adequadas para acalmar as angústias universais.

E o que Alcide Pierdeux achava disso tudo? Mais "sulfúrico" do que nunca, ele só fazia sonhar com as consequências diversas do problema. O capitão Nicholl inventar um explosivo de tamanha potência, que encontrasse essa tal de misturebite, de expansão 3.000 ou 4.000 vezes maior do que a dos explosivos de guerra mais violentos e 5.600 vezes mais forte do que a boa e velha pólvora de canhão de nossos ancestrais, já era um estouro ("literal!", brincava), mas não impossível. Não sabemos o que nos espera no futuro com esse tipo de progresso, que permitirá demolir exércitos a qualquer distância. De todo modo, a alteração do eixo terrestre causada pelo recuo de um canhão não era suficiente para surpreender o engenheiro francês. Ele se dirigia *in petto* ao promotor da história:

— É evidente, presidente Barbicane, que, dia após dia, a Terra absorve o contrachoque de todos os impactos causados em sua superfície! É certo que, quando centenas de milhares de homens se divertem ao disparar milhares de projéteis pesando alguns quilos cada um, ou milhões de projéteis pesando alguns gramas cada um, e até, simplesmente, quando eu caminho ou salto, quando estico o braço, ou quando um glóbulo passeia pelas minhas veias, há efeito na massa de nosso esferoide! Portanto, sua maquinona tem potência para causar o choque exigido. Mas, pelo amor das integrais!, será que é suficiente pra chacoalhar a Terra? Bom, é o que as equações desse animal que é o J. T. Maston "demonstram" categoricamente, devo admitir!

Alcide Pierdeux era só admiração pelos cálculos engenhosos do secretário do Gun Club, comunicado pelos membros da comissão de inquérito aos estudiosos que tinham capacidade de entendê-los. Alcide Pierdeux, que lia álgebra como leria um jornal, achou fazê-lo um charme indescritível.

Porém, se a reviravolta ocorresse, quantas catástrofes se acumulariam na superfície do esferoide! Quantos cataclismas, cidades desmoronadas, montanhas derrubadas, habitantes destruídos aos milhões, massas líquidas projetadas do leito, causando acidentes apavorantes!

Seria como um terremoto de violência incomparável.

— Se essa maldita pólvora do capitão Nicholl fosse mais fraca — resmungou Alcide Pierdeux —, esperaríamos que o projétil caísse de volta na Terra, seja na frente do ponto do disparo, ou até mesmo atrás, depois de dar a volta no globo! Assim, tudo voltaria ao lugar depois de um tempo relativamente curto... mesmo que ainda provocasse desastres enormes! Mas... vai catar coquinho! Graças à misturebite, o projétil descreverá meio segmento de hipérbole e não virá se desculpar com a Terra por tê-la perturbado, tampouco colocá-la no lugar!

Assim era o fim da conversa entre
a excelente senhora e o prisioneiro.

Alcide Pierdeux gesticulava como um semáforo, correndo o risco de quebrar tudo em um raio de dois metros, e insistia:

— Se, no mínimo, eu soubesse o local do disparo, seria rápido determinar em que círculos terrestres o desnível seria nulo e os pontos em que chegaria ao máximo! Daria para avisar ao povo para se mudar a tempo, antes das casas e cidades desabarem em suas cabeças! Mas como vou saber?

Depois, curvando a mão por cima da rara penugem que nascia em seu crânio:

— Ai, pensando bem, as consequências do tremor podem ser ainda mais complicadas do que imaginamos! Por que os vulcões não aproveitariam a ocasião para deslanchar erupções loucas, para vomitar, feito um passageiro enjoado no mar, a matéria deslocada em suas entranhas? Por que parte dos oceanos elevados não inundaria suas crateras? Que diacho! Dá para as explosões estourarem essa máquina telúrica! Ah! Esse maldito Maston, obstinado no silêncio! Aí vai ele, fazendo malabarismos com nosso globo e causando efeitos distintos no bilhar do universo!

Donellan trocou socos de boxe...

Assim refletia Alcide Pierdeux. Pouco depois, essas hipóteses assustadoras foram difundidas e discutidas pelos jornais do mundo todo. Após o tremor resultante da operação de Barbicane & Cia., que diferença fariam aquelas trombas d'água, aquelas correntezas, aqueles dilúvios que, de tempos em tempos, devastam alguma região limitada da Terra? Essas catástrofes são só parciais! Desaparecem alguns milhares de habitantes, e é difícil que os inúmeros sobreviventes se deixem abalar! À medida que a data fatal se aproximava, então, o pavor chegava aos mais corajosos. Os pregadores tinham de tudo para prever o fim do mundo. Parecia até aquele período horripilante do ano 1000, quando os vivos imaginaram que seriam jogados ao império dos mortos.

Lembremos o que ocorreu na época. De acordo com um trecho do Apocalipse, as populações tinham base para acreditar que o dia do juízo final se aproxima. Elas aguardavam os sinais de ira previstos pelas Escrituras. O filho da perdição, o Anticristo, despertaria.

"No último ano do século 10", conta H. Martin, "foi tudo interrompido, prazeres, negócios, juros, tudo, quase até a agricultura. Por quê, pensavam, cogitar um futuro que não viria? Era melhor pensar na eternidade, que começaria logo! Todos se contentavam em suprir as necessidades mais imediatas; as terras e os castelos eram doados aos monastérios em troca de proteção no reino dos céus, onde todos entrariam. Muitas cartas de doação das igrejas começam pelas seguintes palavras: 'O fim do mundo se aproxima, e a ruína é iminente...' Quando chegou o prazo fatal, as populações se aglomeraram sem parar nas basílicas, nas capelas, nos edifícios consagrados a Deus, e aguardaram, paralisadas de angústia, que as sete trombetas dos sete anjos do Juízo Final soassem do céu."

Sabemos que o primeiro dia do ano 1000 acabou sem que as leis da natureza fossem perturbadas de modo algum. Porém, desta vez, não se tratava de um distúrbio baseado em textos de mistério bíblico. Tratava-se de uma modificação causada no equilíbrio da Terra, fundada em cálculos incontestados e incontestáveis, e de um experimento que o progresso das ciências balísticas e mecânicas tornava inteiramente viável. Desta vez, o mar não devolveria os mortos, mas engoliria os vivos aos milhões no fundo de seus novos abismos.

Resultou disso que, mesmo considerando as mudanças causadas no pensamento do povo a partir das ideias modernas, o pavor não foi menor neste momento, e diversas práticas do ano 1000 se repetiram com o mesmo desespero. Nunca se vira tanta pressa nos preparativos para partir daquela para a melhor! Nunca se ouvira tamanha abundância de pecados desabafados nos confessionários! Nunca se outorgara tantos perdões aos moribundos que se arrependiam *in extremis*! Chegou-se até a pedir-se um perdão geral, que uma encíclica papal distribuiu a todos os homens de boa vontade na Terra — e também de bom medo.

Nessas condições, a situação de J. T. Maston tornava-se mais crítica a cada dia. A sra. Evangelina Scorbitt tremia de medo de que ele fosse vítima da vingança universal. Talvez tenha até pensado em aconselhá-lo a pronunciar a palavra que ele calava, obstinado, com uma teimosia sem igual. Porém, ela nem ousou, e melhor assim. Seria expor-se à recusa categórica.

Como é de se imaginar, na cidade de Baltimore, agora entregue ao terror, era difícil conter a população, alvoroçada pela maioria dos jornais da Confederação, e pelas notícias que chegavam "dos quatro cantos da Terra", para utilizar a linguagem apocalíptica de São João Evangelista na época de Domiciano. Era garantido que, se J. T. Maston tivesse vivido sob o reino desse perseguidor, sua situação se resolveria rápido: ele seria entregue às feras. Porém, ele se contentaria em responder:

— Entregue, já fui!

O imperturbável J. T. Maston se recusava a expor a situação do local x, pois sabia que, se o revelasse, o presidente Barbicane e o capitão Nicholl se veriam impossibilitados de continuar com a obra.

No fim, chegava a ser até bonita, essa luta de um só homem contra o mundo todo. Fazia J. T. Maston crescer ainda mais na estima da sra. Evangelina Scorbitt e também aos olhos de seus colegas do Gun Club. Essa brava gente, é preciso dizer, teimosa como artilheiros aposentados, ainda apoiava os projetos de Barbicane & Cia. O secretário do Gun Club chegara a tal grau de celebridade que diversas pessoas já lhe escreviam, como se fazia com os criminosos famosos, para receber algumas linhas escritas por aquela mão que agitaria o mundo!

Por mais bonita que fosse, porém, também ia se tornando cada vez mais perigosa. O povo se aglomerava, dia e noite, ao redor da penitenciária de Baltimore. Eram muitos os gritos, imenso o tumulto. Os furiosos queriam linchar J. T. Maston *hic et nunc*. A polícia já via chegar o momento em que não teria mais como se defender.

Desejando dar satisfação ao povo americano, assim como ao povo estrangeiro, o governo de Washington acabou por decidir que acusaria J. T. Maston e o forçaria a comparecer ao tribunal.

Diante de um júri já sufocado pelo estertor do medo, "ia ser tiro e queda!", como diria Alcide Pierdeux, que, por sua vez, sentia certa simpatia pelo engenheiro tenaz.

Portanto, na manhã de 5 de setembro, o presidente da comissão de inquérito visitou em pessoa a cela do prisioneiro.

A sra. Evangelina Scorbitt, por pedido urgente, foi autorizada a acompanhá-lo. Talvez, em uma última tentativa, a influência daquela senhora educada acabasse por convencê-lo? Não era hora de deixar pedra sobre pedra. Qualquer método que levasse à solução do enigma valeria. Se não desse certo, veriam o que fazer.

— Veremos! — insistiram os mais perspicazes. — De que adianta enforcar J. T. Maston, se a catástrofe acontecer em todo seu horror?

Portanto, por volta das onze da manhã, J. T. Maston se encontrava na presença da sra. Evangelina Scorbitt e de John Prestice, presidente da comissão de inquérito.

A discussão foi das mais simples. Nesta conversa foram trocadas as perguntas e respostas a seguir, de um lado muito rígidas e, de outro, muito calmas.

E quem diria que, em alguma circunstância, seria J. T. Maston a ficar calmo!

— Uma última vez, deseja responder? — perguntou John Prestice.

— Responder o quê? — retrucou, irônico, o secretário do Gun Club.

— O local para onde foi seu colega Barbicane.

— Já disse mil vezes.

— Pois diga mil e uma.

— Ele está no local do tiro.

— E onde é o local do tiro?

— Onde está meu colega Barbicane.

— Cuidado, J. T. Maston!

— Com o quê?

— Com as consequências de sua recusa à resposta, que têm, como resultado...

— Impedi-lo precisamente de saber o que não deve.

— O que temos o direito de saber!

— Não estou de acordo.

— Vamos levá-lo ao tribunal!

— Pois levem.

— E o júri vai condená-lo!

— É papel dele.

— E a sentença, assim que pronunciada, será executada!

— Que seja!

— Caro Maston! — ousou dizer a sra. Evangelina Scorbitt, de coração abalado pelas ameaças.

— Ah! Minha senhora! — respondeu J. T. Maston.

Ela abaixou a cabeça e se calou.

— E quer saber qual será a pena? — insistiu o presidente John Prestice.

— Caso queira dizer — retrucou J. T. Maston.

— Será condenado à pena capital... como bem merece!

— Jura?

— E será enforcado, senhor, tão certo quanto dois e dois são quatro.

— Então, senhor, ainda tenho minhas chances — respondeu J. T. Maston, sereno. — Se o senhor fosse um pouquinho mais matemático, não diria "tão certo quanto dois e dois são quatro"! O que prova que os matemáticos não foram todos loucos até hoje, por afirmar que a soma de dois números é equivalente àquela de suas partes, ou seja, que dois mais dois dá exatamente quatro?

— Senhor! — exclamou o presidente, chocado.

— Ah, se dissesse "certo como um e um é dois", aí, sim! — insistiu J. T. Maston. — Isso é absolutamente evidente, pois não se trata de teorema, e, sim, de definição!

Após essa lição de aritmética, o presidente da comissão se retirou, enquanto o brilho transbordava dos olhos da sra. Evangelina Scorbitt ao admirar o extraordinário matemático de seus sonhos!

14

CURTÍSSIMO, NO QUAL X RECEBE VALOR GEOGRÁFICO

Muito felizmente para J. T. Maston, o governo federal recebeu o seguinte telegrama, enviado pelo cônsul americano em seu posto em Zanzibar.

A John S. Wright, ministro de Estado,
Washington, EUA.

Zanzibar, 13 de setembro, 5 horas da manhã, hora local.

Obras grandes executadas no território massai, ao sul da cordilheira do Kilimanjaro. Há oito meses, presidente Barbicane e capitão Nicholl, acompanhados de ampla equipe negra, sob autoridade do sultão Bâli-Bâli. Informado ao governo por seu devoto

Richard W. Trust, cônsul.

Foi assim que se soube o segredo de J. T. Maston. E por isso, embora o secretário do Gun Club fosse mantido em cárcere, ele não foi enforcado.
Mais tarde, porém, quem diria que ele não sentiria o arrependimento tardio de não ter morrido na mais plena glória?!

15
QUE CONTÉM ALGUNS DETALHES MUITO INTERESSANTES PARA OS HABITANTES DO PLANETA TERRA

Assim, o governo de Washington agora sabia onde Barbicane & Cia. operava. Não havia dúvida quanto à autenticidade do comunicado. O cônsul de Zanzibar era um profissional muito confiável e não merecia que sua informação fosse recebida com reservas. O fato também foi confirmado por telegramas subsequentes. Era bem no centro da região do Kilimanjaro, no território massai africano, uns quinhentos quilômetros a oeste do litoral, um pouco abaixo da linha equatorial, que os engenheiros da North Polar Practical Association estavam prestes a concluir sua obra gigantesca.

Mas como eles tinham se instalado em segredo naquela região perdida, no sopé da célebre montanha reconhecida em 1849 por Rebmann e Krapft e escalada pelos viajantes Otto Ehlers e Abbott? Como montaram ali suas oficinas, criaram uma fundição e reuniram equipe suficiente? Por que métodos estabeleceram uma relação com os perigosos povos da área e seus soberanos, tão cruéis quanto astuciosos? Isso, ninguém sabia. Talvez ninguém viesse a saber, pois restavam poucos dias até a fatídica data de 22 de setembro.

O fato foi alardeado pelas cidades.

Portanto, quando J. T. Maston soube, pela sra. Evangelina Scorbitt, que o mistério do Kilimanjaro acabara de ser desvendado por uma carta enviada de Zanzibar:

— Pfff! — Bufou, desenhando no ar um zigue-zague impressionante com o gancho de ferro. — Ainda não dá para viajar por telégrafo nem por telefone, e daqui a seis dias... Patarapatambum! Vai estar tudo acabado!

Quem escutasse o secretário do Gun Club pronunciar a onomatopeia estrondosa, que ressoou como um tiro de canhão, ficaria até maravilhado pela energia vital que às vezes ainda restava nos velhos artilheiros.

Era evidente que J. T. Maston estava certo. Não havia tempo para enviar agentes ao Kilimanjaro e interromper o presidente Barbicane. Mesmo supondo que tais agentes, saindo da Argélia ou do Egito, ou até de Adem, Maçuá, Madagascar ou Zanzibar, chegassem à costa com rapidez, seria preciso contar ainda com as dificuldades inerentes do terreno, com os atrasos causados pelos obstáculos da viagem pela região montanhosa, e talvez também com a resistência de um povo guiado, sem dúvida, pelos desejos interesseiros de um sultão tão autoritário quanto negro.

Era preciso renunciar a qualquer esperança de impedir a operação através da detenção do operador.

Porém, uma vez que isso era impossível, a partir dali nada era mais simples do que deduzir as consequências rigorosas do ato, visto que, por fim, se sabia a posição exata do tiro. Era só questão de cálculo — um cálculo complicado, claro, mas que não ultrapassava a capacidade dos algebristas, em particular, e dos matemáticos, em geral.

Como a missiva do cônsul de Zanzibar chegara diretamente às mãos do ministro de Estado em Washington, o governo federal a guardou em segredo no princípio. A intenção era, ao disseminá-la, poder indicar também quais seriam os resultados do deslocamento do eixo do ponto de vista do desnível do mar. Os habitantes do planeta saberiam ao mesmo tempo o que o destino lhes reservava, de acordo com o segmento que ocupassem no esferoide.

Imagine a impaciência com que aguardavam saber o que esperar naquela eventualidade!

No dia 14 de setembro, a correspondência foi repassada ao departamento das longitudes de Washington, com a missão de deduzir as consequências finais do ponto de vista balístico e geográfico. No dia seguinte, a situação se estabeleceu com precisão. O trabalho foi imediatamente transmitido, por cabos submarinos, ao mundo inteiro. Após a reprodução em milhares de jornais, o fato foi alardeado pelas cidades sob as manchetes mais escandalosas por todos os jornaleiros do mundo.

"O que vai acontecer?" Essa era a pergunta feita em todas as línguas e em todos os pontos do globo.

A seguir, a resposta transmitida e assinada pelo departamento das longitudes:

"ALERTA URGENTE

"O experimento previsto pelo presidente Barbicane e pelo capitão Nicholl é o seguinte: produzir um recuo, à meia-noite de 22 de setembro em horário local, por meio de um canhão de volume um milhão de vezes maior do que o do canhão de 27 centímetros, que lançará um projétil de 180 mil toneladas, com uma pólvora que causa velocidade inicial de 2.800 quilômetros.

"Se o tiro for efetuado um pouco abaixo da linha equinocial, aproximadamente no 34º grau de longitude a leste do meridiano de Paris, na base da cordilheira do Kilimanjaro, dirigido para o sul, seus efeitos mecânicos na superfície do esferoide terrestre serão os seguintes:

"Instantaneamente, por consequência do choque combinado com o movimento diurno, se formará um novo eixo, e, como o eixo antigo se deslocará em 23º 28', de acordo com os resultados obtidos por J. T. Maston, o novo será perpendicular ao plano da eclíptica.

"Por que pontos sairá o novo eixo? Sabendo-se o local do tiro, é fácil calcular, então se calculou.

"Ao norte, a extremidade do novo eixo será situada entre a Groenlândia e a terra de Grinnell, na parte do mar de Baffin que atualmente corta o Círculo Polar Ártico. Ao sul, será na fronteira do Círculo Antártico, alguns graus ao leste da terra Adélia.

"Nessas condições, um novo meridiano zero, partindo do novo polo Norte, passará aproximadamente por Dublin, na Irlanda, Paris, na França, Palermo, na Sicília, pelo golfo de Sidra, na costa da Tripolitânia, por Obeid, em Darfur, pela cordilheira do Kilimanjaro, em Madagascar, pelas ilhas Kerguelen no Pacífico meridional, pelo novo polo antártico, pelo antípoda de Paris, pelas ilhas Cook e da Sociedade na Oceania, pelas ilhas Quadra e Vancouver, no litoral da Colúmbia Britânica, pelos territórios da Nova Bretanha através da América do Norte e pela península de Melville, nas regiões circumpolares do norte.

"Por consequência da criação desse novo eixo de rotação, emergindo do mar de Baffin, ao norte, e da terra Adélia, ao sul, um novo Equador se formará, acima do qual o Sol desenhará, sem nunca se afastar, a curva diurna. Essa linha equinocial atravessará o Kilimanjaro, no território massai; o oceano Índico, Goa e Chicacola, um pouco abaixo de Calcutá, na Índia; Mangala, no reino de Sião; Kesho, no Tonquim; Hong Kong, na China; a ilha Rasa, as ilhas Marshall, Gaspar Rico e Walker, no Pacífico; a cordilheira dos Andes, na Argentina; o Rio de Janeiro, no Brasil; as ilhas de Trindade e Santa Helena, no Atlântico; São Paulo de Luanda, no Congo e, enfim, voltará aos territórios massai, do outro lado do Kilimanjaro.

"Determinando assim o novo Equador pela criação do novo eixo, foi possível avaliar a questão do desnível dos mares, tão grave para a segurança dos habitantes da Terra.

"Antes de tudo, convém observar que os diretores da North Polar Practical Association se preocuparam em atenuar os efeitos da medida, dentro do possível. Na realidade, se o tiro fosse disparado para o norte, as consequências seriam desastrosas nas porções mais civilizadas do globo. Ao contrário, atirando para o sul, as consequências só serão sentidas nas partes menos povoadas e mais selvagens — ao menos no que diz respeito aos territórios submersos.

"Eis, a seguir, como se distribuirão as águas projetadas de seus leitos por consequência do achatamento do esferoide nos polos antigos:

"O globo será dividido em dois círculos amplos, que formam interseções em ângulo reto no Kilimanjaro e em seus antípodas no oceano equinocial. Daí, a formação de quatro segmentos: dois no hemisfério Norte, dois no hemisfério Sul, separados por linhas nas quais o desnível será nulo.

"1º hemisfério setentrional:

"O primeiro segmento, a oeste do Kilimanjaro, conterá a África, do Congo ao Egito; a Europa, da Turquia à Groenlândia; a América, da Colúmbia Britânica ao Peru; e até o Brasil, na altura de Salvador — em suma, todo o oceano Atlântico setentrional e a maior parte do Atlântico equinocial.

"O segundo segmento, a leste do Kilimanjaro, conterá a maior parte da Europa, do mar Negro à Suécia, a Rússia europeia e asiática, a Arábia, a Índia quase inteira, a Pérsia, o Baluchistão, o Afeganistão, o Turquistão, o Império Celestial, a Mongólia, o Japão, a Coreia, o mar Negro, o mar Cáspio, a parte superior do Pacífico e os territórios do Alasca na América do Norte — assim como o terreno polar tão lamentavelmente concedido à organização americana North Polar Practical Association.

"2º hemisfério meridional:

"O terceiro segmento, a leste do Kilimanjaro, conterá Madagascar, as ilhas Marion, Kerguelen, Maurício, da Reunião, e todas as ilhas do oceano Índico; o oceano Antártico, até o novo polo; Malaca, Java, Sumatra, Bornéu, as ilhas da Sonda, as Filipinas, a Austrália, a Nova Zelândia, a Nova Guiné, a Nova Caledônia; toda a parte meridional do Pacífico e seus diversos arquipélagos, aproximadamente até o 160° meridiano atual.

"O quarto segmento, a oeste do Kilimanjaro, envolverá a parte sul da África, do Congo e do canal de Moçambique até o cabo da Boa Esperança, o oceano Atlântico meridional até o 80° paralelo, toda a América do Sul a partir de Pernambuco e de Lima, a Bolívia, o Brasil, o Uruguai, a Argentina, a Patagônia, a Terra do Fogo, as ilhas Malvinas, Sandwich, Shetland e a parte sul do Pacífico a leste do 160° grau de longitude.

"Serão esses os quatro segmentos do globo, separados por linhas de desnível nulo.

"Agora a questão é identificar os efeitos produzidos na superfície desses quatro segmentos por consequência do deslocamento marítimo.

"Em cada um desses quatro segmentos, há um ponto central onde o efeito será máximo, seja pela invasão ou pela retirada das águas.

"Os cálculos de J. T. Maston estabeleceram com precisão absoluta que o máximo atingirá 8.415 metros em cada ponto, a partir dos quais o desnível diminuirá até as linhas neutras que compõem o limite dos segmentos. É, portanto, nesses pontos que as consequências serão mais graves no que se refere à segurança geral, devido à operação tentada pelo presidente Barbicane.

"É preciso considerar as consequências dos dois efeitos.

"Em dois segmentos, situados um em oposição ao outro no hemisfério Norte e no Sul, os mares se retirarão para inundar os outros dois segmentos, em igual oposição em seu respectivo hemisfério.

"No primeiro segmento: o oceano Atlântico se esvaziará quase que por inteiro, e, o ponto máximo de rebaixamento se encontrando aproximadamente na altura das Bermudas, o fundo aparecerá se a profundidade do mar ali for inferior a 8.415 metros. Consequentemente, entre a América e a Europa, serão descobertos vastos territórios que os Estados Unidos, a Inglaterra, a França, a Espanha e Portugal poderão anexar *pro rata* a sua extensão geográfica, caso tais potências considerarem justo. Porém, é preciso observar que, em consequência do rebaixamento das águas, a camada atmosférica também se rebaixará. Portanto, o litoral da Europa e da América se elevará a um ponto em que até mesmo as cidades situadas entre vinte e trinta graus dos pontos máximos terão à disposição apenas a quantidade de ar hoje encontrada na altura de 4,5 quilômetros na atmosfera. Por exemplo, considerando apenas as principais — Nova York, Filadélfia, Charleston, Panamá, Lisboa, Madri, Paris, Londres, Edimburgo, Dublin etc. —, apenas o Cairo, Constantinopla, Gdansk, Estocolmo, de um lado, e as cidades do litoral oeste americano, do outro, manterão a posição normal em relação ao nível geral. Quanto às Bermudas, lhe faltará ar como falta aos aeronautas que se elevaram a 8 mil metros de altitude ou aos cumes extremos da cordilheira do Tibete. Portanto, será inteiramente impossível viver ali.

"É o mesmo efeito do segmento oposto, que contém o oceano Índico, a Austrália e um quarto do Pacífico, que se derramará em partes na região meridional da Austrália. Ali, o máximo desnível será sentido na encosta escarpada da terra de Nuyts, e as cidades de Adelaide e Melbourne verão o nível do mar abaixar aproximadamente oito quilômetros sob a região. Que a camada de ar em que estarão mergulhadas será puríssima, não há dúvida, mas também não será mais densa o suficiente para servir às necessidades da respiração.

"É essa, de modo geral, a modificação que sofrerão as porções do globo nos dois segmentos onde ocorrerá a elevação relativa às bacias marítimas mais ou menos esvaziadas. Aparecerão, sem dúvida, novas ilhas, formadas pelos cumes de montanhas submarinas, nas partes que a massa líquida não sumir por completo.

"Porém, embora a diminuição da espessura das camadas de ar não deixe de apresentar inconvenientes para as partes dos continentes elevados nas zonas mais altas da atmosfera, como será o caso das áreas que a irrupção dos mares deve cobrir? Ainda é possível respirar sob pressão do ar inferior à pressão atmosférica. Ao contrário, sob alguns metros de água, não se pode respirar nada, e é este o caso que se apresentará nos outros dois segmentos.

"No segmento a noroeste do Kilimanjaro, o ponto máximo será transportado a Iacutusque, em plena Sibéria. A partir dessa cidade, imersa em 8.415 metros de água — menos do que sua altitude atual —, a camada líquida, diminuindo continuamente, se estenderá até as linhas neutras, inundando a maior parte da Rússia asiática, da Índia, da China, do Japão, do Alasca americano além do estreito de Bering. Talvez os montes Urais surjam sob forma de ilhotas acima da porção oriental da Europa. Quanto a São Petesburgo e Moscou de um lado, e Calcutá, Bangkok, Saigon, Pequim, Hong Kong e Tóquio, do outro, essas cidades desaparecerão sob uma camada d'água de espessura variável, suficiente para afogar os russos, os indianos, os siameses, os conchinchineses, os chineses e os japoneses que não tiverem tempo de emigrar antes da catástrofe.

"No segmento a sudoeste do Kilimanjaro, os desastres serão menos consideráveis, porque esse segmento está em grande parte coberto pelo Atlântico e pelo Pacífico, cuja altura se elevará em 8.415 metros no arquipélago das Malvinas. Entretanto, ainda desaparecerão vastos territórios sob esse dilúvio artificial, entre eles o ângulo da África meridional da Guiné inferior e do Kilimanjaro até o cabo da Boa Esperança, e o triângulo da América do Sul formado pelo Peru, pelo centro do Brasil, pelo Chile e pela Argentina até a Terra do Fogo e o cabo Horn. Os patagônios,[1] por mais altos que sejam, não terão fuga da imersão, nem o recurso de se refugiar naquela cordilheira, cujos últimos cumes não emergirão naquela parte do globo.

Uma multidão delirante invadiu a penitenciária.

---

1. Quando os europeus chegaram à Patagônia, no século 16, se espantaram com a altura de seus habitantes. Por meio de registros exagerados, disseminou-se a lenda de que a população patagônica era composta de gigantes de mais de três metros de altura. [N. E.]

"Deve ser esse o resultado — declínio abaixo ou elemento acima da nova superfície do mar — causado pelo desnível na superfície do esferoide terrestre. São essas as eventualidades contra as quais os interessados devem se proteger, se o experimento criminoso do presidente Barbicane não for impedido a tempo!"

16
EM QUE O CORAÇÃO DOS INSATISFEITOS VAI CRESCENDO E *RINFORZANDO*

De acordo com o alerta urgente, era possível se preparar para os perigos da situação, evitá-los ou, no mínimo, fugir deles, deslocando-se até as linhas neutras, onde o risco seria nulo.

O povo ameaçado se dividia em duas categorias: os asfixiados e os inundados.

O efeito do informe abriu espaço para reações bem diversas, que se transformaram em protestos dos mais violentos.

Do lado dos asfixiados, estavam os americanos dos Estados Unidos e os europeus da França, da Inglaterra, da Espanha etc. A perspectiva de anexar os territórios do fundo oceânico não bastava para que aceitassem as modificações. Assim, Paris, levada a uma distância do novo polo quase idêntica à que já a separa do antigo, não ganharia com a mudança. Aproveitaria uma primavera perpétua, é verdade, mas perderia uma quantidade considerável de camada atmosférica. Ora, o resultado não agradava os parisienses, que têm o hábito de consumir oxigênio sem economia, na falta de ozônio... e mais!

Do lado dos inundados, estavam os moradores da América do Sul, além de australianos, canadenses, hindus, zelandeses.

Ora! A Grã-Bretanha não aceitaria que Barbicane & Cia. a privassem de suas colônias mais ricas, onde o elemento saxão tende a substituir o elemento indígena a olhos vistos. Ficava evidente que o golfo do México se esvaziaria para formar um vasto reino das Antilhas, cuja posse poderia ser reivindicada pelos mexicanos e pelos ianques por virtude da doutrina Munro. Também ficava evidente que a bacia das ilhas da Sonda, das Filipinas e das Celebes, quando secas, deixariam territórios imensos que os ingleses e espanhóis poderiam disputar. Vã compensação! Não bastaria para equilibrar a perda devida à terrível inundação.

Ah! Se só fossem desaparecer nos novos mares os povos samoiedos ou sámis da Sibéria, os fueguianos, os patagônios, até os tártaros, os chineses, os japoneses ou alguns argentinos, talvez os Estados civilizados aceitassem o sacrifício. Porém, eram muitas as potências entregues à catástrofe para deixarem de protestar.

Mais especificamente na Europa, embora a parte central devesse permanecer quase intacta, ela seria elevada a oeste e rebaixada a leste, ou seja, meio asfixiada de um lado e meio inundada do outro. Era inaceitável. Além disso, o Mediterrâneo se esvaziaria quase que por inteiro, o que seria intolerável para os franceses, os italianos, os espanhóis, os gregos, os turcos e os egípcios, cuja situação ribeirinha cria direitos indiscutíveis sobre esse mar. Por sinal, do que adiantaria o canal de Suez, poupado pela posição na linha neutra? Como utilizar as obras admiráveis de Lesseps, se não haveria Mediterrâneo de um lado do istmo e muito pouco do mar Vermelho do outro — a não ser que se prolongasse por centenas de quilômetros?

Por fim, nunca — não, nunca! — a Inglaterra consentiria em ver Gibraltar, Malta e Chipre se transformarem em cumes de montanhas perdidos nas nuvens, onde seus navios de guerra não poderiam mais atracar! Não! Ela não se daria por satisfeita com o acréscimo de território que lhe seria atribuído na antiga bacia do Atlântico! Entretanto, o major Donellan já pensava em voltar à Europa para reivindicar os direitos do país sobre esses novos territórios, caso a empreitada de Barbicane & Cia. tivesse sucesso.

Seguiu-se, então, que os protestos chegaram por todo lado, até mesmo dos Estados situados em linhas onde o desnível seria nulo, pois eram também afetados, em menor ou maior grau, em outros pontos. Tais protestos talvez tenham se tornado ainda mais violentos porque a chegada da correspondência de Zanzibar, que revelava o ponto do tiro, permitiu redigir o relatório pouco tranquilizante já exposto.

Em suma, o presidente Barbicane, o capitão Nicholl e J. T. Maston foram rechaçados pela humanidade.

Por outro lado, que prosperidade para os jornais de todas as nuances! Quanta encomenda de exemplares! Quantas tiragens suplementares! Talvez fosse a primeira vez que víssemos se unir em protesto comum os periódicos normalmente em desacordo em qualquer outra questão: *Novisti, Novoye Vremya, Mensageiro de Kronstadt, Gazeta de Moscou, Russkoye Dyelo, Gradjanine, Jornal de Karlskrona, Handelsblad, Vaderland, Fremdenblatt, Neue Badische Landeszeitung, Gazeta de Magdeburgo, Neue Freie Presse, Berliner Tageblatt, Extrablatt, Post, Volksblatt, Börsen-Courier, Gazeta da Sibéria, Gazeta da Cruz, Gazeta de Voss, Reichsanzeiger, Germania, Epoca, Correo, Imparcial, Correspondencia, Iberia, Temps, Le Figaro, Intransigeant, Gaulois, Univers, Justice, République Française, Autorité, Presse, Matin, XIXe Siècle, Liberté, Illustration, Le Monde Illustré, Revue des Deux-Mondes, Cosmos,*

Revue Bleue, Nature, Tribuna, Osservatore Romano, Esercito Romano, Fanfulla, Capitan Fracassa, Riforma, Pester Lloyd, Efimeris, Acropolis, Palingenesia, Correo de Cuba, Pioneiro de Allahabad, Srpska Nezavisnost, Independência Romena, Nord, Independência Belga, Sydney Morning Herald, Edinburgh Review, Manchester Guardian, Scotsman, Standard, Times, Truth, Sun, Central News, Prensa Argentina, Romanul de Bucareste, San Francisco Courier, Commercial Gazette, San Diego of California, Manitoba, Pacific Echo, Scientific American, United States Courier, New York Herald, New York World, Daily Chronicle, Buenos Aires Herald, Réveil du Maroc, Hua Pao, Sing Pao, Correio de Paifom e o *Moniteur* da República de Cunani. Até mesmo o *Mac Lane Express*, jornal inglês consagrado a questões de economia política, demonstrou a fome que reinaria nos territórios devastados. O risco não era romper o equilíbrio europeu — embora fosse esse, também! —, mas o equilíbrio universal! Imaginemos o efeito em um mundo inteiramente enfurecido, cujo excesso de nervosismo, que marcara seu aspecto durante o final do século 19, predispunha a todas as loucuras, a todos os ataques! Era uma bomba caindo na pólvora!

Quanto a J. T. Maston, parecia que chegara o fim dele.

Uma multidão delirante invadiu a penitenciária na noite de 17 de setembro com a intenção de linchá-lo, e é preciso admitir que a polícia não ofereceu a menor resistência...

A cela de J. T. Maston estava vazia. Com o peso em ouro do digno artilheiro, a sra. Evangelina Scorbitt conseguira ajudá-lo a escapar. O carcereiro se deixara seduzir pela isca, uma fortuna com a qual contava aproveitar até o fim da velhice. Afinal, Baltimore, como Washington, Nova York e outras cidades principais do litoral americano, estava na categoria de cidades elevadas, mas nas quais restaria ar suficiente para o consumo cotidiano dos moradores.

Portanto, J. T. Maston bateu em retirada misteriosamente, escapando do furor da indignação pública. Foi assim que a existência desse grande perturbador mundial foi salva pela devoção de uma mulher apaixonada. De resto, faltavam apenas quatro dias — quatro dias! — para os projetos de Barbicane & Cia. passarem a ser fato consumado!

Vemos que o alerta urgente fez-se ouvir por todos. Embora no começo ainda houvesse céticos em relação às catástrofes previstas, eles já não existiam mais. Os governos tinham se apressado em alertar os cidadãos — relativamente poucos — que seriam erguidos às zonas de ar rarefeito; e, em seguida, advertiu aqueles, em quantidade maior, cujo território seria invadido pelo mar.

Por causa do alerta, transmitido por telegramas disparados para as cinco partes do mundo, começou uma emigração sem precedentes — mesmo comparada com a época das migrações indo-arianas, do leste ao oeste. O êxodo contou com parte dos ramos dos povos hotentotes, melanésios, negros, vermelhos, amarelos, pardos e brancos...

Infelizmente, faltava tempo. As horas estavam contadas. Com alguns meses de sobreaviso, os chineses poderiam abandonar a China, os australianos, a Austrália, os patagônios, a Patagônia, os siberianos, as províncias da Sibéria etc.

Porém, como o perigo era localizado, agora que os pontos do globo relativamente incólumes eram conhecidos, o pavor foi menos generalizado. Algumas províncias, até mesmo algumas nações, começaram a se apaziguar. Em suma, exceto nas regiões diretamente ameaçadas, restou apenas a apreensão natural que todo ser humano sente à espera de um impacto impressionante.

Por dentro do canhão.

Durante esse tempo, Alcide Pierdeux repetia, gesticulando como um telégrafo antigo:

— Mas que diabo, como o presidente Barbicane considera fabricar um canhão um milhão de vezes maior do que o de 27 centímetros? Maldito Maston! Queria encontrá-lo para cutucá-lo nesse aspecto! Não corresponde a nada sensato, nada razoável, é de uma reviravolta digna de catapulta!

De qualquer forma, o fracasso da operação era a única chance de certas partes do globo terrestre escaparem da catástrofe universal!

Canteiros de obras do Kilimanjaro.

17
O QUE SE FEZ NO KILIMANJARO POR OITO MESES DESSE ANO MEMORÁVEL

O território massai está situado na parte oriental da África Central, entre a costa do Zanguebar e a região dos grandes lagos, onde o Vitória e o Tanganica formam vários mares internos. Se conhecemos a região, pelo menos em parte, é por ter sido visitada pelo inglês Johnston, pelo conde Thököly e pelo médico alemão Meyer. A área montanhosa se encontra sob a soberania do sultão Bâli-Bâli, cujo povo consiste de 30 a 40 mil pessoas negras.

A três graus abaixo do Equador, ergue-se a cordilheira do Kilimanjaro, que projeta seus mais altos cumes — entre eles aquele do Kibo — a uma altitude de 5.704 metros. Esse volume importante domina, para o sul, o norte e o oeste, as planícies vastas e férteis dos massai, conectando-se ao lago Vitória por meio das regiões do Moçambique.

Alguns quilômetros abaixo das primeiras inclinações do Kilimanjaro, ergue-se o povoado de Kisongo, residência típica do sultão. Essa capital é, basicamente, um grande vilarejo. É ocupado por uma população muito prendada, muito inteligente, que trabalha tanto por si quanto por seus escravos, sob o jugo de ferro imposto por Bâli-Bâli.

O sultão pode ser justamente considerado um dos soberanos mais notáveis desses povos da África central, que se esforçam para escapar da influência ou, melhor dizendo, da dominação inglesa.

Foi em Kisongo que o presidente Barbicane e o capitão Nicholl, acompanhados apenas de dez mestres de obra dedicados à empreitada, chegaram na primeira semana de janeiro do ano presente.

Ao sair dos Estados Unidos — partida informada apenas à sra. Evangelina Scorbitt e a J. T. Maston —, eles embarcaram em Nova York, de onde foram ao cabo da Boa Esperança e, dali, um navio os transportou a Zanzibar, na ilha de mesmo nome. De lá, um barco fretado em segredo os conduziu ao porto de Mombas, no litoral africano, do outro lado do canal. Uma escolta enviada pelo sultão os aguardava no porto e, após uma viagem difícil por algumas centenas de quilômetros através da região atormentada, obstruída por florestas, cortadas por rios e salpicadas de pântanos, alcançaram a residência real.

Após tomar conhecimento dos cálculos de J. T. Maston, o presidente Barbicane já entrara em contato com Bâli-Bâli por intermédio de um explorador sueco que acabara de passar alguns anos na região. Tendo-se tornado um dos partidários mais calorosos de Barbicane desde sua célebre viagem ao redor da Lua — cujos ecos chegaram até aquelas terras distantes —, o sultão acolhera em amizade o ianque audacioso. Sem explicar o objetivo, Impey Barbicane obtivera com facilidade do soberano massai a autorização de empreender obras significativas na base meridional do Kilimanjaro. Por meio de uma quantia considerável, avaliada em 300 mil dólares, Bâli-Bâli se comprometera a fornecer todo o pessoal necessário. Além disso, autorizava qualquer obra imaginável no Kilimanjaro. Barbicane poderia fazer o que bem entendesse com a cordilheira imensa, até mesmo demoli-la, se lhe desse vontade, ou transportá-la, se tivesse os meios. Por via de negócios seríssimos, e benéficos para o sultão, a North Polar Practical Association se tornou proprietária da montanha africana, assim como do terreno ártico.

A recepção do presidente Barbicane e de seu colega em Kisongo foi das mais simpáticas. Bâli-Bâli sentia uma admiração próxima da adoração pelos dois ilustres viajantes, que tinham se arremessado pelo espaço para alcançar a região lunar. Sentia, também, uma simpatia extraordinária pelos autores das obras misteriosas que ocorreriam em seu reino. Portanto, ele prometeu aos americanos segredo absoluto — tanto da parte dele, quanto da parte de seus súditos, cuja colaboração era garantida. Nenhum dos operários que trabalhassem nos canteiros de obras teriam o direito de abandoná-los por um dia sequer, sob pena dos suplícios mais refinados.

Por isso a operação se envolveu de um mistério que nem os agentes mais astutos da América e da Europa souberam revelar. Se o segredo por fim foi descoberto, foi porque o sultão relaxou a severidade, após o fim da obra, e porque há traidores e falastrões em qualquer lugar — mesmo entre os negros. Foi assim que Richard W. Trust, o cônsul de Zanzibar, ouviu falar do que acontecia no Kilimanjaro. Porém, naquela data de 13 de setembro, já era tarde para interromper os projetos do presidente Barbicane.

Por que, afinal, Barbicane & Cia. tinham escolhido o território massai como palco de sua operação? Primeiro, porque o país lhe convinha devido à posição pouco conhecida na África e ao afastamento dos territórios mais visitados por viajantes. Além disso, o volume do Kilimanjaro oferecia todas as qualidades de solidez e orientação necessárias à obra. Por fim, na superfície da terra se encontravam matérias-primas de que ele necessitava, precisamente, e em condições de exploração particularmente práticas.

Alguns meses antes de deixar os Estados Unidos, o presidente Barbicane soubera pelo explorador sueco que, no sopé da cordilheira do Kilimanjaro, o ferro e a hulha eram abundantes a nível do chão. Não era preciso escavar minas nem investigar jazidas a milhares de pés da crosta terrestre. Bastava se abaixarem para recolher o ferro e o carvão, em quantidades decerto superiores ao consumo previsto pelo orçamento. Além do mais, nos arredores da montanha, havia jazidas enormes de nitrato de sódio e pirita de ferro, elementos necessários à fabricação da misturebite.

O presidente Barbicane e o capitão Nicholl não levaram nenhuma equipe além daqueles dez mestres de obras, em quem tinham plena confiança. Estes deveriam dirigir os 10 mil operários postos a sua disposição por Bâli-Bâli, a quem era incumbida a tarefa de fabricar o canhão monstruoso e seu projétil de monstruosidade equivalente.

Duas semanas após a chegada do presidente Barbicane e do colega no território massai, três vastos canteiros estavam estabelecidos na base meridional do Kilimanjaro, um para a fundição do canhão, outro, do projétil, e o terceiro, para a fabricação de misturebite.

Para começo de conversa, como o presidente Barbicane tinha solucionado o problema de fundir um canhão de dimensões tão colossais? Veremos e entenderemos, ao mesmo tempo, que a última chance de salvação, vinda da dificuldade de estabelecer uma máquina daquelas, escapava das mãos dos habitantes do mundo.

Na realidade, fundir um canhão de volume um milhão de vezes maior do que o de 27 era um trabalho além das capacidades humanas. Já é muito difícil fabricar as peças de

82 centímetros que disparam projéteis de 780 quilos com 274 quilos de pólvora. Assim, Barbicane e Nicholl nem tinham considerado tentar. O que pretendiam construir não era um canhão, nem mesmo um morteiro, mas simplesmente uma galeria perfurada no volume resistente do Kilimanjaro, essencialmente uma mina de explosão.

Claro, esse buraco, esse enorme fornilho, serviria de substituição a um canhão de metal gigantesco cuja fabricação seria tão custosa quanto difícil, e ao qual seria necessário dar uma espessura inverossímil para prevenir qualquer chance de explosão. Barbicane & Cia. sempre considerara trabalhar desse modo e, quando o caderno de J. T. Maston mencionava um canhão, se referia ao de 27 utilizado como base para os cálculos.

Por consequência, uma posição foi selecionada de início em uma altura de trinta metros no verso meridional da cordilheira, abaixo da qual se estendem planícies até perder de vista. Não haveria nenhum obstáculo ao projétil quando fosse lançado desse "cano" esculpido no maciço do Kilimanjaro.

Foi com precisão extrema, e esforço grosseiro, que se escavou tal galeria. Foi fácil para Barbicane construir perfuratrizes, que são máquinas simples, e manipulá-las por meio do ar comprimido pelas quedas d'água poderosas da montanha. Em seguida, os buracos abertos pelas brocas das perfuratrizes foram carregados de misturebite. Apenas um explosivo tão violento conseguiria explodir a rocha, pois tratava-se de uma espécie duríssima de sienito, composta de feldspato ortoclásio e anfibólio hornblenda. Era uma circunstância favorável porque essa rocha teria de resistir à pressão apavorante desenvolvida pela expansão dos gases. Porém, a altura e a espessura do Kilimanjaro seriam suficientes para proteger de qualquer fissura ou rachadura externa.

Em suma, os milhares de operários, conduzidos pelos dez mestres de obras, sob direção geral do presidente Barbicane, se aplicaram com tamanho zelo, tamanha diligência, que a construção chegou ao fim em menos de seis meses.

A galeria media 27 metros de diâmetro por seiscentos de profundidade. Como era importante que o projétil deslizasse em uma parede perfeitamente lisa, para que não perdesse nenhum gás da deflagração, o cano foi blindado no interior por uma camada de ferro fundido desbastado à perfeição.

Na realidade, o trabalho foi ainda maior do que aquele do célebre canhão de Moon City, que enviara o projétil de alumínio ao redor da Lua. O que é, porém, impossível aos engenheiros modernos?

Durante a perfuração no flanco do Kilimanjaro, os operários do segundo canteiro não tinham descanso. Em simultâneo à construção da carapaça metálica, dedicavam-se a fabricar o enorme projétil.

Apenas nessa fabricação, era preciso obter uma massa fundida cilíndrico-cônica pesando 180 milhões de quilos.

É evidente que nunca se havia pensado em fundir o projétil em peça única. Ele deveria ser fabricado por massas de mil em mil toneladas, que seriam uma após a outra içadas ao orifício da galeria e dispostas na câmara onde a misturebite já estaria entulhada. Abarrotados juntos, os fragmentos formariam um todo compacto que deslizaria nas paredes do tubo interior.

Era então necessário levar ao segundo canteiro por volta de 400 mil toneladas de minério, 70 mil toneladas de castina e 400 mil toneladas de carvão betuminoso, que foram logo transformadas em 280 mil toneladas de coque nos fornos. Como os jazigos eram vizinhos ao Kilimanjaro, praticamente só foram necessárias as carroças.

Quanto à construção dos altos-fornos para obter a transformação do minério em ferro fundido, talvez estivesse ali a maior dificuldade. Entretanto, em um mês apenas, dez altos-fornos de trinta metros estavam funcionando, cada um produzindo oitenta toneladas diárias. Eram 1.800 toneladas a cada 24 horas, 180 mil depois de cem dias de trabalho.

Já no terceiro canteiro, criado para fabricar a misturebite, o trabalho foi tranquilo, em condições tão secretas que a composição desse explosivo ainda não foi determinada com toda a certeza.

Tudo avançou como o desejado. Não haveria mais sucesso nem nas usinas de Cresout, de Cail, de Indret, de Seyne, de Birkenhead, de Woolwich ou de Cockerill. A média de acidentes era menos de um por 300 mil francos de trabalho.

Não surpreende que o sultão estivesse orgulhoso. Ele seguia as operações com assiduidade incansável. E é fácil imaginar que a presença de sua temível majestade estimulava o zelo dos súditos fiéis!

Às vezes, Bâli-Bâli perguntava para que aquela azáfama toda.

— É uma obra que mudará o mundo inteiro! — respondeu o presidente Barbicane.

— Uma obra que garantirá ao sultão Bâli-Bâli uma glória incomparável entre todos os reis da África oriental! — acrescentou o capitão Nicholl.

Na qualidade de soberano do território massai, o sultão vibrava de orgulho, nem precisamos repetir.

Em 29 de agosto, a obra terminara por completo. A galeria, perfurada no calibre desejado, estava revestida pela alma lisa de seiscentos metros de comprimento. No fundo atocharam 2 mil toneladas de misturebite, em comunicação com a caixa de fulminato. Em seguida, vinha o projétil de 150 metros de comprimento. Subtraindo o espaço ocupado pela pólvora e pelo projétil, este ainda deveria percorrer 492 metros até a boca, o que garantiria todo seu efeito útil ao impulso produzido pela expansão dos gases.

Sendo assim, uma primeira pergunta surgia, questão de pura balística: o projétil desviaria da trajetória que lhe fora atribuída pelos cálculos de J. T. Maston? De modo algum. Os cálculos estavam corretos. Eles indicavam em que medida o projétil deveria desviar para o leste do meridiano do Kilimanjaro, devido à rotação da Terra em seu eixo, e a forma da curva hiperbólica que descreveria em virtude da enorme velocidade inicial.

O sultão acompanhou os trabalhos bem de perto.

Segunda pergunta: ele seria visível durante o percurso? Não, pois, ao sair da galeria mergulhada nas sombras da Terra, não seria visto, e, devido à baixa altura, teria uma velocidade angular muito considerável. Quando adentrasse a zona de luz, a fraqueza do volume o esconderia das lunetas mais potentes, ainda mais quando, escapando das amarras da atração terrestre, gravitasse para sempre ao redor do sol.

O presidente Barbicane e o capitão Nicholl podiam se orgulhar da operação que tinham conseguido levar a cabo!

Por que J. T. Maston não estava lá para admirar a bela execução da obra, digna da precisão dos cálculos que a inspirara? E, sobretudo, por que estaria tão, tão, tão longe quando essa detonação formidável despertasse os ecos todos até os horizontes mais extremos da África?

Pensando nele, os dois colegas nem imaginavam que o secretário do Gun Club teria fugido de Ballistic Cottage após escapar da penitenciária de Baltimore e que fora obrigado a se esconder para proteger sua preciosa existência. Eles ignoravam em que grau a opinião pública se voltara contra os engenheiros da North Polar Practical Association. Não sabiam que seriam massacrados, esquartejados e queimados na fogueira, caso fossem capturados. Francamente, assim que disparassem o tiro, sorte a deles só poderem ouvir em resposta os gritos de um povoado na África oriental!

— Enfim! — disse o capitão Nicholl ao presidente Barbicane, quando, na noite de 22 de setembro, os dois se pavoneavam diante da obra finda.

— Pois sim! Enfim! E também... ufa! — soltou Impey Barbicane, com um suspiro de alívio.

— Se precisássemos começar outra vez...

— Ah! Começaríamos!

— Que sorte ter à disposição essa querida misturebite! — disse o capitão Nicholl.

— Vai torná-lo ilustre, Nicholl!

— Sem dúvida, Barbicane — respondeu o capitão, modestamente. — Porém, sabe quantas galerias precisaríamos cavar no Kilimanjaro para obter o mesmo resultado, caso tivéssemos apenas algodão-pólvora semelhante ao que disparou nosso projétil à Lua?

— Diga, Nicholl.

— Cento e oitenta galerias, Barbicane!

— Ora! Mas nós as cavaríamos, capitão!

— E 180 projéteis de 180 mil toneladas!

— E os fundiríamos, Nicholl!

Imagine fazer homens dessa têmpera ouvirem a voz da razão! Afinal, depois que artilheiros deram a volta na Lua, do que mais não seriam capazes?

Naquela mesma noite, apenas poucas horas antes do minuto preciso indicado para o tiro, quando o presidente Barbicane e o capitão Nicholl se parabenizavam dessa forma, Alcide Pierdeux, trancafiado no escritório em Baltimore, soltou um grito transloucado. Ele se levantou de supetão da mesa onde empilhara folhas cobertas de fórmulas algébricas e exclamou:

— Que malandro este Maston! Ah! Que animal! Me fez mergulhar assim no problema! E como é que não descobri antes?! Cosseno maldito! Se eu soubesse onde ele está agora, eu o convidaria para jantar, e brindaríamos com champanhe bem no momento do estrondo de sua máquina de destruição!

E após um dos urros animalescos com que acentuava partidas de uíste:

— Que doido varrido! Que tiro certo de polvorim para calcular o canhão do Kilimanjaro! E, no entanto, tal era a condição *sine qua non*, ou *sine canhão*, como diríamos na faculdade!

18

EM QUE AS POPULAÇÕES MASSAI AGUARDAM QUE O PRESIDENTE BARBICANE GRITE "FOGO!" AO CAPITÃO NICHOLL

Era noite de 22 de setembro — data memorável a que a opinião pública atribuía uma influência tão nefasta quanto à do 1º de janeiro do ano 1000.

Doze horas após a passagem do sol pelo meridiano do Kilimanjaro, ou seja, à meia-noite, o pavio da máquina terrível deveria ser aceso pela mão do capitão Nicholl.

Convém mencionar aqui que o Kilimanjaro fica a 35 graus a leste do meridiano de Paris, e Baltimore, a 79 graus a oeste do mesmo, constituindo uma diferença de 114 graus entre os dois pontos, ou seja, 456 minutos de tempo, ou 7 horas e 36 minutos. Portanto, no momento preciso em que ocorreria o tiro, seria 17h24 na cidade grande de Maryland.

O tempo estava esplendoroso. O sol acabava de se deitar nas planícies do Massai, atrás de um horizonte puro. Não dava nem para imaginar uma noite mais bela, mais serena nem mais estrelada para disparar um projétil no espaço. Nenhuma nuvem se misturaria aos vapores artificiais desenvolvidos pela deflagração da misturebite.

Quem sabe? Talvez o presidente Barbicane e o capitão Nicholl se arrependessem de não poder partir dentro do projétil.

No primeiro segundo, ultrapassariam 2.800 quilômetros! Após desvelar os mistérios do mundo selenita, eles desvelariam aqueles do sistema solar, em condições ainda mais interessantes do que aquelas do francês Hector Servadac,[1] transportado na superfície do cometa Galia!

O sultão Bâli-Bâli e os figurões de sua corte, ou seja, o ministro da economia e seu carrasco, assim como o povo negro que se dedicara àquela obra, estavam reunidos para acompanhar as diversas fases do tiro. Por prudência, entretanto, todos tinham se posicionado a três quilômetros da galeria perfurada no Kilimanjaro, de modo a não correr risco algum com o temível deslocamento das camadas de ar.

Nos arredores, alguns milhares de indígenas, vindos de Kisongo e dos povoados disseminados ao sul da província, tinham corrido — por ordem do sultão Bâli-Bâli — para admirar o sublime espetáculo.

Um fio, estabelecido entre uma bateria elétrica e o detonador do fulminato posicionado no fundo da galeria, estava prestes a disparar a corrente que explodiria a escorva e provocaria a deflagração da misturebite.

Como prelúdio, uma excelente refeição fora servida à mesa do sultão, dos hóspedes americanos e dos notáveis da capital — tudo oferecido por Bâli-Bâli, que não poupava despesas que deveriam ser reembolsadas pelo caixa de Barbicane & Cia.

Às onze horas, o banquete, iniciado às 19h30, terminou com um brinde que o sultão dirigiu aos engenheiros da North Polar Practical Association e ao sucesso da empreitada.

Dali a mais uma hora, a modificação das condições geográficas e climatológicas da Terra seria irreversível.

---

1. Referência ao romance de Jules Verne publicado em 1877. [N. E.]

Barbicane, seu colega e os dez mestres de obras se posicionaram ao redor da cabana onde estava instalada a bateria elétrica.

O presidente, de relógio na mão, contava os minutos, que nunca lhes pareceram tão longos — minutos que nem anos lembravam, mas séculos!

Às dez para a meia-noite, o capitão Nicholl e ele se aproximaram do aparelho conectado pelo fio à galeria do Kilimanjaro.

O sultão, a corte e o povo formavam um círculo imenso ao redor deles.

Era importante que o tiro fosse disparado no momento preciso indicado pelos cálculos de J. T. Maston, ou seja, quando o Sol cortasse a linha equinocial, que dali em diante nunca mais abandonaria na órbita aparente ao redor do esferoide terrestre.

— Cinco para meia noite! Quatro! Três! Dois! Um!

O presidente Barbicane acompanhava o ponteiro do relógio, destacado por uma lanterna apresentada por um dos mestres de obras, enquanto o capitão Nicholl, de dedo erguido acima do botão do aparelho, estava prestes a fechar o circuito elétrico.

— Vinte segundos! Dez! Cinco! Um!

Não se vislumbrava o mais leve tremor sequer na mão do impassível Nicholl. Seu colega e ele não mostraram mais emoção do que quando, enclausurados no projétil, aguardaram que o canhão os enviasse às regiões lunares!

— Fogo! — gritou o presidente Barbicane.

E o indicador do capitão Nicholl apertou o botão.

Detonação estrondosa, cujos ecos propagaram tremores até o limite do horizonte massai. Assobio estridente da massa que atravessou a camada de ar sob impulso de bilhões e bilhões de litros de gás, desenvolvidos pela deflagração instantânea das 2 mil toneladas de misturebite. Parecia até que se arrastava na superfície terrestre um meteoro desses que acumulam toda a violência da natureza. O efeito era ainda pior do que se todos os canhões de todos os artilheiros do globo se juntassem a todos os raios dos céus para retumbar ao mesmo tempo!

19
EM QUE J. T. MASTON TALVEZ SINTA SAUDADE DE QUANDO A MULTIDÃO QUERIA LINCHÁ-LO

As capitais do mundo todo, as cidades de qualquer importância e até os povoados mais modestos aguardavam em meio ao pavor. Graças aos jornais profusamente difundidos globo afora, todos sabiam a hora precisa correspondente à meia-noite do Kilimanjaro, em 35 graus leste, de acordo com a diferença das longitudes.

Citando apenas as principais cidades — considerando que o Sol percorre um grau a cada quatro minutos —, temos:

Paris	21h40
São Petesburgo	23h31
Londres	21h30
Roma	10h20
Madri	9h15
Berlim	11h20
Constantinopla	11h26
Calcutá	3h04
Nanquim	5h05

Em Baltimore, doze horas após a passagem do Sol pelo meridiano do Kilimanjaro, eram 17h24.

Nem vale a pena insistir no horror sentido naquele instante. Nem a mais potente das penas modernas seria capaz de descrevê-lo, mesmo no estilo da tradição decadente e delinquente.

Podia até ser que os habitantes de Baltimore não corressem perigo de ser varridos pela pororoca do mar deslocado! Era verdade que não veriam a baía de Chesapeake se esvaziar e o cabo Hatteras, que a concluiu, se esticar como uma crista de montanha acima do Atlântico ressequido! Mas a cidade, como tantas outras que não eram ameaçadas de emersão ou imersão, não seria atribulada pelo tremor de terras, seus monumentos, desmoronados, seus bairros, engolidos por abismos abertos na superfície? E esses temores não eram justos em todas as partes do mundo que não seriam cobertas por água desnivelada?

Era evidente.

Portanto, todos os seres humanos sentiram o calafrio do medo penetrar até a medula óssea naquele minuto fatal. Sim! Tremeram todos — com uma só exceção: o engenheiro Alcide Pierdeux. Como não tinha tempo de expor o que seu último trabalho acabara de revelar, ele tomava uma taça de champanhe em um dos melhores bares da cidade, brindando ao Velho Mundo.

O minuto 24 depois das cinco horas, correspondente à meia-noite de Kilimanjaro, passou...

Em Baltimore... nada!

Em Londres, Paris, Roma, Constantinopla, Berlim... nada! Nem o menor impacto!

O sr. John Milne, ao observar o sismógrafo instalado na mina de carvão de Takashima (Japão), não percebeu o menor movimento anormal na crosta terrestre nessa parte do mundo.

"Fogo!"

Por fim, em Baltimore, também nada. O céu estava nublado e, com o cair da noite, foi impossível identificar uma tendência à modificação no movimento aparente das estrelas — o que indicaria uma alteração no eixo terrestre.

Que noite J. T. Maston passou escondido, em um local desconhecido de todos, exceto da sra. Evangelina Scorbitt! O artilheiro fervoroso estava trêmulo! Não se aguentava quieto! Mal podia esperar para envelhecer alguns dias que fosse, a fim de ver se a curva do Sol se modificara, prova indiscutível do sucesso da operação. Essa mudança não teria mesmo como ser constatada na manhã de 23 de setembro, pois, na data, o astro do dia nasce invariavelmente ao leste em todos os pontos do globo.

No dia seguinte, o Sol surgiu no horizonte, como era de seu feitio.

Os emissários europeus estavam reunidos na varanda do hotel. Eles tinham à disposição instrumentos de precisão extrema, que lhes permitiriam constatar se o Sol descrevia rigorosamente a curva no plano do Equador.

Ora, era simples e, alguns minutos após nascer, o disco radiante já se inclinava para o hemisfério austral.

Portanto, nada mudara em seu percurso aparente.

O major Donellan e seus colegas saudaram o estandarte celeste com vivas entusiasmados, aplaudindo como se faz no teatro. O céu estava um espetáculo, o horizonte todo limpo dos vapores da noite, e o grande ator jamais se apresentara em um palco mais belo, em condições tão esplendorosas, diante de plateia tão maravilhada!

— E bem no lugar marcado pelas leis da astronomia! — exclamou Eric Baldenak.

— A nossa antiga astronomia — observou Boris Karkof —, que esses loucos queriam dizimar!

— Eles perderam tempo e ainda passaram vergonha! — acrescentou Jacques Jansen, por cuja boca parecia falar a Holanda inteira.

— E o território ártico permanecerá para sempre sob o gelo que o cobre! — retrucou o professor Jan Harald.

— Viva o Sol! — exclamou o major Donellan. — Ele, assim, é suficiente para o mundo!

— Viva! Viva! — repetiram em uníssono os representantes da velha Europa.

Foi então que Dean Toodrink, que se mantinha calado, interveio com uma observação bem ajuizada:

— Será que eles não atiraram?

— Não atiraram! — exclamou o major. — Pelo contrário: tomara que tenham atirado, e duas vezes até!

É precisamente o que pensavam J. T. Maston e a sra. Evangelina Scorbitt. Também é o que se perguntavam os sábios e os ignorantes, dessa vez unidos pela lógica da situação.

É até o que dizia Alcide Pierdeux, que acrescentou:

— Atiraram, não atiraram, dane-se! A Terra não parou de valsar no velho eixo, nem de passear como de praxe!

Em suma, não se sabia o que acontecera no Kilimanjaro. Porém, antes do fim do dia, apresentou-se uma resposta à pergunta feita pela humanidade.

Chegou uma correspondência dos Estados Unidos, e eis o que continha esse último relato enviado por Richard W. Trust, do consulado de Zanzibar:

Zanzibar, 23 de setembro,

Sete horas e vinte e sete minutos da manhã.

A John S. Wright, ministro de Estado.

Tiro disparado ontem à meia-noite em ponto por canhão perfurado em lado meridional do Kilimanjaro. Passagem do projétil com assobios apavorantes. Detonação assustadora. Província devastada por tromba d'ar. Mar elevado até canal Moçambique. Muitos navios desviados e tombados. Povoados e vilarejos devastados. Passamos bem.

Richard W. Trust.

Passavam bem, sim, pois nada mudara no estado do mundo, exceto pelos desastres causados no território massai, em parte devastado pela tromba artificial e pelos naufrágios provocados pelo deslocamento das camadas aéreas. Não acontecera o mesmo quando o famoso canhão enviara o projétil para a Lua? O tremor, espalhado pelo chão da Flórida, não se fizera sentir em um raio de 160 quilômetros? Pois é! Dessa vez, o efeito deveria ser cem vezes maior.

De todo modo, a correspondência expunha duas coisas aos curiosos do mundo:

1. que o enorme canhão fora fabricado no próprio flanco do Kilimanjaro;

2. que o tiro fora detonado na hora combinada.

Assim, o mundo inteiro soltou um grito imenso de satisfação, seguido de uma gargalhada também imensa.

O experimento de Barbicane & Cia. fracassara deploravelmente! As fórmulas de J. T. Maston eram dignas do lixo! A North Polar Practical Association devia estar prestes a declarar falência!

Ah, é! Será que o secretário do Gun Club teria se enganado nos cálculos, por acaso?

— Mais fácil eu me enganar no afeto que ele me inspira! — declarou a sra. Evangelina Scorbitt.

Entre todos os seres humanos existindo então na superfície do planeta, o mais desconcertado era o próprio J. T. Maston. Ao notar que nada mudara nas condições de movimento da Terra desde a criação, ele se apaziguara com a esperança de que algum acidente pudesse ter atrasado a obra de seus colegas Barbicane e Nicholl...

Porém, de acordo com a correspondência de Zanzibar, era preciso aceitar que a operação fora um fracasso.

Fracasso! E as equações, as fórmulas, a partir das quais concluíra o sucesso da empreitada! Será, então, que um canhão de seiscentos metros de comprimento e 27 de largura, lançando um projétil de 180 milhões de quilos sob a deflagração de 2 mil toneladas de misturebite com velocidade inicial de 2.800 quilômetros, seria insuficiente para provocar o deslocamento dos polos? Não! Era inadmissível!

Contudo...

J. T. Maston, tomado por uma violenta exaltação, declarou a intenção de sair do esconderijo. A sra. Evangelina Scorbitt tentou, em vão, impedi-lo. Não que ela ainda tivesse motivos para temer pela vida do secretário, visto que o perigo acabara. Porém, as piadas que seriam dirigidas ao infeliz engenheiro, os trocadilhos de que não o pouparia, a chacota que choveria sobre a obra dele... ela queria poupá-lo disso tudo!

Mais grave ainda: como ele seria recebido pelos colegas do Gun Club? Será que o culpariam pelo fracasso que os expunha ao ridículo? Recairia sobre ele, o autor dos cálculos, a responsabilidade absoluta por aquela derrota?

J. T. Maston não quis nem saber. Ele resistiu às súplicas e às lágrimas da sra. Evangelina Scorbitt. Ele saiu da casa onde se escondera. Apareceu nas ruas de Baltimore. Foi reconhecido, e aqueles cuja fortuna e existência ameaçara, cujo pavor perpetuara pela obstinação de seu silêncio, se vingaram, ridicularizando-o e humilhando-o de mil jeitos.

Bastava ouvir aqueles rapazes americanos, que dariam exemplo até aos moleques parisienses!

— Ih, lá vem o endireitador de eixo!

— Ih, lá vem o consertador de relógio!

— Ih, lá vem o remendador de traste!

Enfim, o perturbado e injuriado secretário do Gun Club foi obrigado a voltar ao paço de New Park, onde a sra. Evangeline Scorbitt esgotou seus carinhos para consolá-lo. Foi em vão. J. T. Maston estava desconsolado como Níobe, pois seu canhão não causara mais efeito do que um mero rojão!

Quinze dias se passaram assim, e o mundo, recuperado dos antigos temores, nem pensava mais nos projetos da North Polar Practical Association.

Quinze dias sem notícias do presidente Barbicane nem do capitão Nicholl! Teriam falecido sob o efeito da explosão e da devastação causada na superfície do território massai? Teriam pagado com a vida pelo equívoco mais imenso dos nossos tempos?

Não!

Após a detonação, quando foram derrubados, capotados com o sultão, a corte e mais milhares de pessoas, os dois se reergueram, sãos e salvos.

— Deu certo? — perguntou Bâli-Bâli, massageando os ombros.

— E o senhor ainda duvida?

— Eu? Duvidar? Mas quando vamos saber?

— Daqui a alguns dias! — respondeu o presidente Barbicane.

Será que ele tinha entendido o fracasso da operação? Talvez! Porém, jamais desejaria admiti-lo na frente do soberano massai.

Em 48 horas, os dois colegas se despediram de Bâli-Bâli, após pagar uma quantia considerável pelos desastres causados na superfície do reino. Como a quantia entrou para os cofres particulares do sultão, e os súditos não receberam um dólar sequer, Sua Majestade não teve do que reclamar do negócio lucrativo.

Então, os dois colegas, acompanhados dos mestres de obras, seguiram para Zanzibar, onde encontraram um navio a caminho de Suez. Dali, usando nomes falsos, seguiram até Marselha no transatlântico *Moeris*, da Messageries Maritimes; até Paris no trem da PLM (sem descarrilhar nem colidir); até Havre pelo caminho de ferro oeste e, finalmente, até a América no transatlântico *La Bourgogne*.

Bastava ouvir aqueles rapazes americanos.

Em 22 dias, voltaram do território massai a Nova York.

Às três da tarde de 15 de outubro, os dois bateram na porta do paço de New Park e, em um instante, viram-se na presença da sra. Evangelina Scorbitt e de J. T. Maston.

Sim, ela era a causa do desastre!

20

QUE CONCLUI ESSA HISTÓRIA CURIOSA, VERÍDICA E INVEROSSÍMIL

— Barbicane? Nicholl?
— Maston!
— Vocês?
— Nós!

Nesse pronome, simultaneamente lançado pelos dois colegas em tom peculiar, se sentia tudo o que restava de ironias e censuras.

J. T. Maston coçou a testa com o gancho de ferro. Enfim, com a voz sibilando na boca — como a da víbora, diria Ponson du Terrail —, perguntou:

— Sua galeria no Kilimanjaro tinha seiscentos metros por 27?
— Sim!
— Seu projétil pesava 180 milhões de quilos?
— Sim!
— E o tiro foi efetuado com 2 mil toneladas de misturebite?
— Sim!

Os três "sim" atingiram J. T. Maston como cacetadas.

— Então concluo... — disse ele.
— O quê? — perguntou o presidente Barbicane.
— Bem, o seguinte: visto que a operação não teve sucesso, a pólvora não deu ao projétil uma velocidade inicial de 2.800 quilômetros!

— Jura?! — exclamou o capitão Nicholl.

— Essa sua misturebite só serve para acender pistolas de palha!

O capitão Nicholl deu um salto ao ouvir aquela frase, que lhe soava como uma injúria feroz.

— Maston! — gritou ele.

— Nicholl!

— Se quiser brigar à base da misturebite...

— Não! Melhor usar algodão-pólvora, é mais garantido!

A sra. Evangelina Scorbitt precisou intervir para acalmar os dois artilheiros irascíveis.

— Senhores! Senhores! — exclamou ela. — Estamos entre colegas!

O presidente Barbicane então tomou a palavra com a voz mais calma:

— Do que adianta a recriminação? É certo que os cálculos de nosso amigo Maston deveriam estar corretos, assim como o explosivo de nosso amigo Nicholl deveria ser suficiente! Pois é! Pusemos em prática os dados da ciência com exatidão! Ainda assim, o experimento fracassou! E por que motivo? Talvez nunca saibamos...

— Ora, então tentemos de novo! — exclamou o secretário do Gun Club.

— E o dinheiro, que foi puro prejuízo? — observou o capitão Nicholl.

— E a opinião pública — acrescentou a sra. Evangelina Scorbitt —, que não os permitirá arriscar o mundo outra vez?

— O que acontecerá com nosso terreno polar? — retrucou o capitão Nicholl.

— A que nível vão cair as ações da North Polar Practical Association? — questionou o presidente Barbicane.

Que derrocada! As ações já estavam sendo vendidas aos lotes pelo preço do papel.

Tal foi o resultado final desta gigantesca operação. Foi o fiasco memorável que concluiu os projetos sobre-humanos de Barbicane & Cia.

Se um dia a chacota pública correu solta para derrubar corajosos engenheiros mal inspirados, se um dia os artigos humorísticos dos jornais, as caricaturas, as canções, as paródias tiveram material para aproveitar, podemos afirmar que foi nessa ocasião! O presidente Barbicane, os administradores da nova associação e os colegas do Gun Club foram alvo de escárnio. Às vezes, eram chamados por termos tão... gauleses, que não seriam traduzidos nem para o latim, nem para o volapuque. A Europa, em especial, se dedicou a tal sequência de pilhéria que os ianques acabaram escandalizados. Sem esquecer que Barbicane, Nicholl e Maston eram de origem americana, que pertenciam àquela célebre associação de Baltimore, foi por pouco que não insistiram para o governo federal declarar guerra contra o Velho Mundo.

Por fim, o golpe derradeiro veio na forma de uma canção francesa do ilustre Paulus — que ainda vivia, na época. A música percorreu as casas de espetáculo do mundo inteiro.

Eis uma das estrofes mais aplaudidas:

Pra dar um jeito nesse traste,
Que está soltando lá na haste,
Prepararam todo um canhão,
Para causar uma explosão!
É de dar medo, de dar pavor!
Sumiram e não se viu nem a cor
Dos três imbecis! Mas... *crac*!
Deu-se o tiro... de araque!
Viva nosso velho traste!

Enfim, será que um dia saberíamos ao que se deveu o fracasso da empreitada? Tal fracasso comprovava que a operação era impossível, que as forças de que dispõem os homens nunca serão suficientes para causar uma modificação no movimento diurno da Terra, que os territórios polares nunca poderão ser deslocados em latitude para chegar ao ponto em que as geleiras derreteriam naturalmente sob os raios de sol?

O veredito foi dado alguns dias após a volta do presidente Barbicane e de seu colega aos Estados Unidos.

Uma simples nota foi publicada no *Temps* de 17 de outubro, e o jornal do sr. Hébrard prestou ao mundo o serviço de informar a respeito daquela questão tão relevante para sua segurança.

A nota dizia o seguinte:

"Sabemos qual foi o resultado, nulo, da empreitada que visava à criação de um novo eixo. Os cálculos de J. T. Maston, se baseados em dados corretos, teriam levado ao resultado desejado, se não fossem, por consequência de uma distração inexplicável, maculados por um erro desde o princípio.

"Quando o célebre secretário do Gun Club se referiu à circunferência do esferoide terrestre, ele a considerou em *40 mil metros*, em vez de *40 mil quilômetros* — o que tornou a solução do problema equivocada.

"De onde veio um erro assim? O que o teria causado? Como um matemático tão exímio o cometeu? Perdemos tempo em vãs conjecturas.

"O certo é que o problema da modificação do eixo terrestre, se apresentado com retidão, seria solucionado com retidão. Porém, o esquecimento de três zeros no início causou um desvio de *doze zeros* no resultado final.

"Não seria preciso um canhão um milhão de vezes maior do que o de 27 centímetros, mas um trilhão desses canhões, lançando um trilhão de projéteis de 180 mil toneladas, para deslocar o polo em 23º 28', admitindo que a misturebite tivesse a potência explosiva que lhe atribui o capitão Nicholl.

"Em suma, o único disparo, nas condições em que foi efetuado em Kilimanjaro, deslocou o polo em apenas três mícrons (3 milésimos de milímetro) e causou, no máximo, uma variação de 9 milésimos de mícron no nível do mar!

"Quanto ao projétil, novo planetinha, agora pertence ao nosso sistema, contido pela atração do Sol.

"Alcide Pierdeux"

Portanto, foi uma distração de J. T. Maston, um erro de três zeros no início dos cálculos, que causou o resultado humilhante para a associação.

Porém, enquanto os colegas do Gun Club se mostraram furiosos com ele e o cobriram de insultos, em público a reação geral foi a favor do pobre coitado. Afinal, era culpa dele o resultado infeliz — ou o resultado mais do que feliz, pois poupara o mundo das catástrofes mais temíveis.

Começaram a chegar elogios de todo canto, milhões de cartas que parabenizavam J. T. Maston por se equivocar em três zeros!

J. T. Maston, mais perturbado e desassossegado do que nunca, não quis nem saber dos parabéns vigorosos da Terra em sua homenagem. O presidente Barbicane, o capitão Nicholl, Tom Hunter das pernas de pau, o coronel Blomsberry, o arrojado Bilsby e seus colegas nunca o perdoariam...

Pelo menos lhe restava a sra. Evangelina Scorbitt. Essa mulher extraordinária não conseguia sentir raiva dele.

Antes de tudo, J. T. Maston fez questão de repetir os cálculos, recusando-se a admitir que se distraíra àquele ponto.

Contudo, era verdade! O engenheiro Alcide Pierdeux não se enganara. Por isso, tendo reconhecido o erro no último momento, quando não tinha mais tempo de alertar ninguém, o sujeito manteve a calma tão imperturbável em meio ao pânico geral! Por isso ele brindou ao Velho Mundo na hora do disparo do Kilimanjaro.

Sim! Três zeros esquecidos na medida da circunferência terrestre!

De repente, então, voltou a lembrança de J. T. Maston. Era o início de seu trabalho, quando ele se trancou no escritório em Ballistic Cottage. Ele escrevera com toda a certeza o número 40.000.000 na lousa...

No mesmo momento, o toque agitado do telefone! J. T. Maston se dirige à placa... Troca algumas palavras com a sra. Evangelina Scorbitt... Um raio o derruba e empurra a lousa... Ele se levanta... Começa a reescrever o número apagado pela queda... Estava escrevendo 40.000... quando o telefone soa outra vez... E, quando volta a trabalhar, esquece os três últimos zeros do número que mede a circunferência terrestre!

Ora! Era tudo culpa da sra. Evangelina Scorbitt. Se ela não o tivesse atrapalhado, talvez ele não levasse o choque da corrente elétrica! Talvez o raio não tivesse pregado nele uma peça daquelas e comprometido toda uma existência de cálculos bons e honestos.

Que abalo sentiu a infeliz mulher quando J. T. Maston precisou explicar em que circunstância ocorrera o erro! Sim, ela era a causa do desastre! Era por ela que J. T. Maston se veria em desonra nos longos anos que lhe restavam pela frente, pois na venerável associação do Gun Club era comum morrer centenário!

Depois dessa conversa, J. T. Maston fugiu do paço de New Park e voltou a Ballistic Cottage. Ele andava em círculos pelo escritório, repetindo:

— Agora eu não sirvo mais para nada?

— Nem para casar? — disse uma voz, dilacerante de emoção.

Era a sra. Evangelina Scorbitt. Enlutada, desesperada, ela seguira J. T. Maston.

— Caro Maston! — suplicou ela.

— Quer saber? Sim! Mas sob uma condição... nunca mais mexerei com matemática!

— Meu amigo, pois eu abomino a matemática! — respondeu a extraordinária viúva.

Assim, o secretário do Gun Club transformou a sra. Evangelina Scorbitt em sra. J. T. Maston.

Quanto à nota de Alcide Pierdeux, que honra, que celebridade atraiu para o engenheiro e também para a faculdade que representava! Traduzida em todas as línguas, reproduzida em todos os jornais, a nota espalhou o nome dele mundo afora. Acabou que o pai da moça provençal, que lhe recusara a mão da filha em casamento por ele ser "erudito demais", leu a nota em questão no *Petit Marseillais*. Após entender o significado daquilo sem socorro externo, foi tomado de remorso e, esperando pelo melhor, enviou ao autor um convite para jantar.

21

CURTÍSSIMO, PARA DAR SOSSEGO AO DESTINO DO MUNDO

Que os moradores da Terra fiquem sossegados! O presidente Barbicane e o capitão Nicholl não tentarão outra vez a empreitada interrompida tão lamentavelmente. J. T. Maston não fará novos cálculos, dessa vez acertados. Seria inútil. A nota do engenheiro Alcide Pierdeux estava certa. A mecânica demonstra que, para produzir um deslocamento de eixo de 23° 28', mesmo com misturebite, seriam necessários um trilhão de canhões semelhantes àquele escavado no Kilimanjaro. Não caberiam em nosso esferoide — mesmo se a superfície dele fosse toda sólida.

Parece, assim, que os moradores do globo podem dormir em paz. Modificar as condições de movimento da Terra vai além dos esforços permitidos à humanidade; não é direito dos homens mudar a ordem estabelecida pelo Criador no sistema universal.

SOBRE O AUTOR

Jules Verne nasceu em Nantes, na França, em 1828. Foi para Paris para estudar Direito, mesma profissão do pai, e lá se apaixonou por literatura e teatro. Em 1863, Verne teve o primeiro livro publicado, *Cinco semanas em um balão*, que rapidamente virou um best-seller. Depois do acontecimento, o francês passou a dedicar-se apenas à literatura e escreveu mais de setenta livros ao longo de quarenta anos. Entre suas obras mais conhecidas estão *Viagem ao centro da Terra* (1864), *Da Terra à Lua* (1865), *Vinte mil léguas submarinas* (1870) e *Volta ao mundo em oitenta dias* (1873).

TIPOGRAFIA: Media77 - texto
Uni Sans - entretítulos
PAPEL: Pólen Natural 70 g/m² - miolo
Couché 150 g/m² - capa
Offset 150 g/m² - guardas

IMPRESSÃO: Ipsis Gráfica
Fevereiro/2025